SV

Andreas Maier
Die Familie

Roman

Suhrkamp

Erste Auflage 2019

Satz: Satz-Offizin Hümmer GmbH, Waldbüttelbrunn
Druck: Pustet, Regensburg
Printed in Germany
ISBN 978-3-518-42862-7

Die Familie

Prolog im alten Hallenbad

In meiner Kindheit hatte noch das alte Jugendstilbad in der Haagstraße geöffnet. Es wurde von Schulen für den Sportunterricht genutzt.

Mein Bruder war im achten Schuljahr nach wie vor Nichtschwimmer, wie auch ein paar andere in seiner Klasse. In diesem Schuljahr marschierte die Klasse öfter, Mädchen wie Jungen, von der Augustinerschule zur Bismarckstraße, am Adenauerplatz vorbei und dann in die Umkleidekabinen des alten Hallenbades hinein. Dort wurde sich der Kleidung entledigt, die Badehosen bzw. Badeanzüge wurden übergestreift, und dann versammelte sich der ganze Trupp in dem sparsam mit Jugendstilaccessoires versehenen Baderaum. Er hatte sich dort erst einmal in Reih und Glied aufzustellen, um auf Vollständigkeit überprüft zu werden. Der Lehrer schrie: Sollstärke? Die Gruppe gab einstimmig zurück, wie viele Mitglieder die Klasse zählte. Der Lehrer rief: Iststärke? Die Gruppe schrie, wie viele tatsächlich an diesem Tag erschienen waren.

In diesem Schuljahr hatte die Klasse einen neuen Sportlehrer. Mein Bruder und seine nicht schwimmfähigen Kameraden gaben zu Beginn des Schuljahrs bei der ersten Aufstellung am Beckenrand des alten Bades ordnungsgemäß an: Nichtschwimmer.

Der Lehrer kommandierte die Handvoll Schwimmunkundige in den Nichtschwimmerbereich und wies sie an, sich dort aufzuhalten.

Mein Bruder und seine Kollegen setzten sich in ironischer Laune ins Wasser und planschten dort ein wenig herum, obgleich keine kleinen Kinder mehr (manche der schon mal Sitzengebliebenen gingen in den Pausenstunden bereits in die Schillerlinde und tranken Apfelwein). Irgendwann würden sie aufgerufen, und dann würde der mühsame Prozeß des Schwimmenlernens beginnen, Übungen, Anweisungen, vielleicht Schwimmflügel, Ringe ...

Der Lehrer führte eine Kohorte im Schwimmerbereich zu Sprints, unterwies sie in der richtigen Weise des Brustschwimmens und legte besondere Aufmerksamkeit auf die, die kraulen oder gar Schmetterling konnten (meistens Jungen). Sie durften gegeneinander antreten.

Mein Bruder, damals dreizehn, und seine Kollegen saßen in ihren Badehosen im Nichtschwimmerbereich und spritzten sich gegenseitig naß, was ihnen unverhohlen Spaß machte. Die Verrichtungen im Schwimmerbereich und die dortigen Hochleistungsanstrengungen der Sportlichen kommentierten sie mit Spott. Nach einer Stunde saßen sie immer noch da, fanden alles sehr lustig – besonders das Desinteresse des Lehrers an ihnen, der vor allem herausfinden wollte, wer unter den Schwimmern (und Schwimmerinnen) leistungsstark war. Am Ende der Doppelstunde kam die Anweisung zum Abrücken, die Nichtschwimmer verließen ihren Planschbereich, entledigten sich ihres Badezeugs, stiegen unter die Brause, bekleideten sich und liefen mit den anderen zusammen am Adenauerplatz vorbei und durch die Bismarckstraße zurück zur Augustinerschule.

Der Club der Nichtschwimmer hatte die folgende Woche kein anderes Thema als die eigenartige Planschstunde, die sie erlebt hatten.

Eine Woche später erfolgte derselbe Zug zum Hallenbad, und die Gruppe, zu der mein Bruder gehörte, setzte sich wieder in den Kinderbereich. Dort saßen sie, unterhielten sich, legten sich mit dem Rücken auf die Fliesen, ließen das Wasser ihre Körper umspülen, erzeugten kleine Wellen und erlebten erneut völlig entspannte zwei Stunden. Niemandem war unangenehm, daß es – bislang – abermals in keiner Weise darum ging, durch den Lehrer Schwimmen beigebracht zu bekommen.

Dieser seltsame Schwimmunterricht war Gesprächsthema, wenn mein Bruder von der Schule nach Hause kam und davon berichtete. Er erzählte damals immer witzige Anekdoten. Der Lehrer erschien als groteske Person, die Gruppe der gleichsam infantil Herumplanschenden als unfreiwillige Partizipanten eines absurden Geschehens, das in den Ausführungen meines Bruders stellvertretend für überhaupt alle Schulerlebnisse stand.

Nach einigen Wochen soll sich die Nichtschwimmergruppe dann allerdings aus eigenem Antrieb von dem Planschbereich aus zu dem Lehrer hinbewegt haben, um ihn zu fragen, worum genau es in diesem Unterricht für sie denn nun eigentlich gehen soll.

Den Lehrer habe das nicht interessiert.

So sei das Halbjahr weiter auf dieselbe Weise vergangen. Vorne hätten die Champions ihre Sprints abgezogen oder Lagenschwimmen absolviert, im hinteren Bereich sei weiter geplanscht worden, und immer wieder sei an den Lehrer der Hinweis herangetragen worden, daß das, was hier passiere, für einige nicht weiterführe. Der Planschgruppe tat das in ihrer ironischen Betrachtung der eigenen Lage keinen Abbruch. Es war zwar eine Einübung in Unsinn, aber dafür sehr entspannt, stets umsäuselt von kleinen, selbsterzeugten Chlorwasserwellen, und alles das in morbider, schon ziemlich verfallener Jugendstilatmosphäre (das Hallenbad wurde drei Jahre danach für immer geschlossen).

Dann gab es Zeugnisse. Die Nichtschwimmer hatten an keinem Sprint, keiner Langstrecke und keinem Lagenschwimmen teilgenommen. Sie hatten keine Leistung erbracht. Allesamt bekamen sie eine 5.

Mein Vater, Rechtsanwalt und damals CDU-Bürgermeisterkandidat, war Elternsprecher in dieser Klasse, sein Vertreter, ein SPD-Kommunalpolitiker, kam aus Florstadt. Der Sohn des SPDlers hatte ebenso wie der Sohn des CDUlers im Planschbereich gesessen und war wie dieser mit einer 5 in Sport in die Ferien verabschiedet worden.

Was folgte, war ein Krieg mit allen juristischen Mitteln. Auf der einen Seite die große Koalition aus CDU und SPD bzw. Friedberg und Florstadt, auf der anderen Seite das Direktorium der Augustinerschule, zwischen den Fronten der Sportlehrer und die gesamte »Sollstärke« der Klasse.

Mein Vater und sein Stellvertreter gewannen den Krieg. Jeder Schülerin und jedem Schüler wurde die Sportnote aus dem Klassenzeugnis gestrichen. Alle Sprints, alle Langstrecken und alle Lagen waren für die, die sich dafür mit einer 1 prämiert sahen, vergeblich gewesen, denn jetzt stand statt der 1 nur noch ein Strich im Zeugnis, versehen mit dem Hinweis, daß eine Benotung für die Leistungen in diesem Halbjahr aus pädagogischen Gründen entfällt.

DIE FAMILIE

I

Die Familie besaß das mit Abstand größte Grundstück am Usa-Ufer. Es war so riesig, daß auf der gegenüberliegenden Straßenseite im Mühlweg mindestens zehn Häuser Platz hatten. Das Gelände maß über zweihundert Meter in der Länge und nahm fast die ganze Strecke von den Vierundzwanzig Hallen, unserem Eisenbahnviadukt, bis hin zur Barbarastraße ein. Von dem Viadukt waren wir in meiner Kindheit nur durch eine kleine Gerberei getrennt, die zwischen uns und der Bahnstrecke lag. Alles andere gehörte uns.

Die Familiensage lautete so: Die Bolls waren in der zweiten Hälfte des neunzehnten Jahrhunderts aus dem Vogelsberg oder der Rhön in die Wetterau gekommen und hatten hier den Steinmetzbetrieb gegründet, der Gründer hieß Melchior Boll. Die Firma war am Usa-Ufer angesiedelt, an dem ich später aufgewachsen bin. Mein Urgroßvater Karl hatte auf dem Gelände einen großen Obstgarten, hielt dort Hühner und Ziegen, hatte zahlreiche Apfelbäume und ein riesiges Faß, aus dem er den Anwohnern Apfelwein ausschenkte. Die Nachbarn brachten ihre Gläser mit, und dann saßen sie auf Bänken im Schuppen neben dem Faß, aßen Walnüsse und tranken Süßen und im neuen Jahr den fertigen Apfelwein.

1970 zogen meine Eltern auf das Grundstück. Vorher hatten wir im Haus meiner Großeltern in Bad Nauheim gewohnt, woran ich mich allerdings nicht erinnern kann. Mein bewußtes Leben setzt mit der ersten Zeit auf dem Friedberger Grundstück ein.

Ich habe nur fragmentarische Erinnerungen an den Anfang. Die Steinwerkefirma meines Großvaters (Wilhelm), Urgroßvaters (Karl) und Ururgroßvaters (Melchior) war noch in Betrieb; unser Teil mit dem neuen Wohnhaus war von dem Firmengelände durch nichts abgegrenzt, es gab keinen Zaun, keine Mauer, nicht einmal eine optische Begrenzung, man konnte einfach über das Feld nach drüben zur Firma spazieren, ohne das Trottoir betreten zu müssen. Meistens sah ich meine Mutter in ihrem hellen Übergangsmantel hinüberlaufen, sie war zu der Zeit Direktorin der Firma, das Büro wurde von der alten Falkschen Mühle beherbergt, einem Fachwerkgebäude aus unvordenklichen Zeiten, das ebenfalls auf dem Grundstück stand und dem das Mühlrad fehlte. Es fehlte auch der Flußlauf, denn dieser war um die Jahrhundertwende verlegt worden. Die mühlradlose Mühle stand jetzt einfach an der Straße, fünf Meter von dieser entfernt. Sie war das älteste Gebäude im Viertel.

Um unser neues Haus herum befand sich ein freies Geländestück, das am Anfang noch fast unbepflanzt war, bis auf einige übriggebliebene Apfelbäume. Die Obst- und Gemüseplantagen, die laut der Familiensage Urgroßvater Karl dort gehabt haben soll, mußten offenbar alle im Zuge des Hausbaus verschwunden sein. Nun war überall bloß neuangelegte grüne Wiese.

Alles, was ich auf diesem Gelände erlebte, hatte für mich mythische Züge und kam mir vielfach vergrößert vor. Zum Beispiel grub mein Vater mit ein paar Leuten eines Tages eine Grube von vielleicht zwei oder drei Metern Länge, mehr als einem Meter Breite, und in die Tiefe ging es ebenfalls einen Meter. Wozu diese Grube diente, weiß ich nicht mehr, aber für uns Kinder war sie tagelang eine urtümliche Behausung, wir überdachten sie, legten Decken hinein, fantasierten Abenteuer ... Wie andere ihre Baumhäuser bestiegen, kletterten wir in jene Grube hinab. Vor allem war es abenteuerlich, in diese Grube hinunterzugelangen, denn für mich war sie immens tief. Auch das Herauskommen war nicht einfach, ich mußte immer auf etwas hinaufklettern, und meistens zog mich irgendwer nach oben. Es muß die früheste Zeit im Mühlweg gewesen sein, bevor mich die große Angst befiel, die mich dann meine ganze Kindheit über weitgehend von meiner Umwelt (und solchen Grubenabenteuern) fernhielt.

Vielleicht war ich damals noch frei für Eindrücke, und der Grubenaufenthalt bedeutete für mich den ersten Eindruck von »unter der Erde sein«. Ich hatte mit Sicherheit keine Assoziation mit »Grab«, aber ich hatte mich noch nie zwischen »Wänden« aufgehalten, die ausschließlich aus Erde bestanden, und ich hatte auch noch nie ein Leben unterhalb der Grasnarbe erlebt.

Eine andere Situation, ebenfalls ganz früh: ein Zelt im Garten, eines ohne Zweck, nur für uns Kinder hingestellt, vermutlich am ehesten für meine Schwester, denn das Zelt (eine Art Partyzelt für Kinder) wurde hauptsächlich von den Freundinnen meiner Schwester und ihr frequentiert, es stand einige Tage, heute muß ich bei der Erinnerung an damals an das jüdische Laubhüttenfest denken. Es war ein rituelles Draußensein. Was da so alles passierte, weiß ich natürlich ebenfalls nicht mehr. Ich habe nur das Zelt vor Augen. Wie die Grube die erste in meinem Leben gewesen war, so war auch das Zelt das erste.

Dann: Feuer. In die Erde gerammte brennende Fackeln. Nacht, Sterne, vermutlich eine Gartengesellschaft meiner Eltern auf Plastikstühlen mit Salzstangen, Gervais-Dip und Bier, aber für mich waren es ausschließlich diese riechenden, schmauchenden, wie Geister emporwehenden und umherflackernden Fackeln. Vielleicht mein erstes bewegtes Feuer überhaupt, denn im Haus meiner Großmutter gab es keinen Kamin, und Gartenfackeln kannte ich ebenfalls nicht. So sammelten sich auf diesem Gelände Urbilder: Erde, Grube, Feuer, aber auch: Sterne, Mond, Nacht.

Von Anfang an gab es welche, die im Garten »mithalfen«. Einer ganz dunklen Erinnerung nach könnte eine Hilfe mein Onkel Heinz gewesen sein. Damals, als wir auf das Grundstück zogen, war das Verhältnis zu ihm noch unbelastet. Das kam mir zumindest so vor, ich spürte keine Dissonanzen oder Belastungen irgendeiner Art. Natürlich wurde mir, dem Kleinkind, die Welt und die

Beziehungen der Familie untereinander immer als heil dargestellt.

Mein Onkel J., der geburtsbehinderte, dem seine an den Kopf angesetzte Zange zeitlebens die heile Welt verhindert hatte, auch wenn er sich zur Hälfte seines Wesens in einer solchen gefühlt haben mochte, half (wenn überhaupt) nur zwangsweise im Garten mit. Im Grunde habe ich nur eine Szene mit ihm vor Augen, nämlich wie er mit einem Spaten auf Maulwurfsjagd ging. Wir hatten manchmal zahllose Maulwurfshügel im Garten, und mein Vater erzählte mitunter etwas angegriffen davon, wie begeistert J. auf die Maulwürfe einschlug, um sie zu töten und anschließend in die Usa zu werfen. Sonst tötete er nie und neigte auch nicht dazu, Tiere zu quälen. Hier aber ging es um Jagd, Erfolg und Anerkennung. Ich selbst habe damals immer nur die Hügel gesehen, nie einen Maulwurf selbst. Meinen ersten Maulwurf sah ich überhaupt erst Jahrzehnte später, in der Pfalz, beim Joggen. (Kaum bemerkte er mich, da verschwand er unter die Grasnarbe in die Erde, wie wir damals in unserer temporären Gartengrube.)

Ich bin aber dennoch, auch wenn ich nur dieses solitäre Bild vor mir habe, felsenfest davon überzeugt, daß Onkel J. anfänglich im Garten geholfen hat. Ob sie das Gelände damals schon Garten nannten, offen wie es war gegen die ganze Umwelt, kann ich nicht sagen.

Seltsam nahm sich die Terrasse hinter dem Haus aus, eine Plattform aus Waschbeton, ohne jede Umrahmung, sie ging einfach in die weite Wiese hinein, wie eine Anlegeplattform in die offene See.

Dann kam der Zaun zur Straße, erste Rosenbeete wurden angelegt, Rhododendren um die Terrasse herum gesetzt, jeden Samstag der Geruch gemähten Rasens und um 17.15 Uhr stets die Frage meines Vaters, wie Eintracht Frankfurt gespielt habe. Für ihn war das Grundstück ein Idyll und eine Aufgabe zugleich.

Später wurde ein Plastikrohrsystem im Garten verlegt, damit man überall Sprengwasser zur Verfügung hatte und nicht fünfzig Meter lange Schläuche hinter sich herziehen mußte. Die Anlage war generalstabsmäßig geplant, Hunderte von Metern Strecke wurden rings um das Haus aufgegraben und wieder verschlossen. Eine Gartenlaube kam dazu, und im Sommer rieselten nun allerlei Sprenklergeräte im Garten, deren mechanisches Ticken und Tacken bei Dämmerungsbeginn mit dem Ticksen der Amseln konkurrierte.

Hier nun also wohnte meine Familie. Das war ihr Ziel gewesen.

Schon als Kind konnte ich die juristischen Verhältnisse um das Grundstück herum auswendig aufsagen, denn sie sorgten für Streit und waren das vorherrschende Thema bei uns. Das Grundstück meines Urgroßvaters, vom eigentlichen Firmengebiet über das inzwischen von uns bewohnte Stück bis hin zum Ende des Obstgrundstücks, war nach dem Tod meines Großvaters in vier Parzellen unterteilt worden. Eine Parzelle gehörte meiner Mutter: Darauf stand unser Haus, sie umfaßte auch das erwähnte Apfelgrundstück. Eine Parzelle gehörte meinem Onkel Heinz: Sie befand sich zwischen unserem Haus und dem ehemaligen Firmengelände, auf dem damals noch die Hallen und Kräne standen. Eine Parzelle gehörte meinem Onkel J.: ein Birkenwäldchen hinter den Hallen bis hin zur Usa. Die letzte Parzelle, das eigentliche Firmengrundstück, gehörte meiner Mutter, Onkel J. und Onkel Heinz »zur gemeinsamen Hand«.

Mein Vater fuhr in den ersten Jahren nach dem Hausbau öfter zu Gesprächen mit meinem Onkel Heinz und seiner als Unsicherheitsfaktor geltenden Frau Dörte, einer Dänin. Es ging um die vierte Parzelle »zur gemeinsamen Hand«. Mein Vater stieg unter Anspannung in seinen Mercedes-Dienstwagen, meine Mutter stand sorgenvoll in der Ausfahrt, schaute ihm beim Wegfahren zu, dann ging sie ins Haus zurück und war in den nächsten Stunden selbst so nervös, daß sie die ganze Zeit im Keller bügelte oder mangelte, um sich abzulenken. Wenn mein Vater dann wieder in die Einfahrt fuhr, mußte ihm meine Mutter aus dem Wagen helfen. Anschließend saß mein Vater in der Küche oder im Wohnzimmer, hielt sich den Kopf, konnte lange nichts sprechen, war völlig aus der Fassung und murmelte nur vor sich hin, daß mein Onkel Heinz verrückt sei. Er mußte dann ins Schlafzimmer geführt werden, in dem er seiner Migräne Herr zu werden versuchte. Bevor Heinz, sagten meine Eltern damals, über irgend etwas mit sich reden lasse, was den Verkauf der gemeinsamen vierten Parzelle angehe, wolle er aus völlig unverständlichen Gründen – er war ja verrückt – einhunderttausend Mark haben. Mein Onkel Heinz war auf diese Weise längere Zeit meines Lebens jemand (unterstützt oder verführt von Tante Dörte), der einfach so und ohne jeden Grund einhunderttausend Mark haben wollte, eine Summe, die mir als Kind so gewaltig wie ein Lebenskapital vorkam.

Samstags wurde bei offener Gartentür in der Küche gegessen. Dann war Herr Giebel anwesend, unsere Gartenhilfe, die wir inzwischen hatten. Das Grundstück war viel zu groß, als daß mein Vater die Gartenarbeit hätte allein bewältigen können.

Die Männer kamen von der Gartenarbeit und saßen verschwitzt in Unterhemden da. Die geöffnete Gartentür machte die Küche zu einem Limbus, einem halböffentlichen Bereich zwischen draußen und drinnen, sie war der einzige Raum im Haus, zu dem Herr Giebel Zutritt hatte.

Von uns Kindern aß dasjenige mit, das gerade zufällig anwesend war. Es gab Hausmannskost, Frikadellen, Schnitzel oder Suppenfleisch mit grüner Soße. Das Gespräch zwischen meinem Vater und Herrn Giebel drehte sich um das Grundstück bzw. um Gartenthemen. Giebel hatte eine undeutliche Aussprache, er knurrte und roch meistens stark nach Bier. Manchmal sprachen sie auch über Giebels persönliche Lage und über die Bedingungen, die im Karl-Wagner-Haus herrschten. Das war das Sozialhaus, in dem er sein Bett und seinen Spind hatte. Giebel war ein alleinstehender Ostflüchtling und nach dem Krieg nach Friedberg gekommen.

Familiäre Dinge wurden samstags nicht besprochen, und wir Kinder rückten, falls jemand von uns anwesend war, nicht in den Mittelpunkt des Gesprächs.

Anders verhielt es sich sonntags, da aß die Familie regelmäßig zusammen, und während dieses Mittagessens fand stets die einzig längere Begegnung in der Woche zwischen meinem Vater und meinem Bruder statt. Dieser war fünf Jahre älter als ich. Er war derjenige, der einige Jahre später die Familie als erster verlassen sollte, um nicht mehr wiederzukommen.

Ursprünglich galt mein Bruder als Vorzeigekind. Alle Erzählungen hatten diesen Tenor, sei es aus dem Mund meiner Mutter, meiner Großmutter oder aus dem anderer Verwandter. Die einzige Ausnahme bildete meine Großmutter in Frankfurt, die Frau des Oberfinanzpräsidenten.

Meinem Bruder, hieß es, konnte man stets blind die Geschwister anvertrauen, selbst als er noch klein war. Er paßte zunächst auf seine zwei Jahre jüngere Schwester auf, später immer wieder mal auch auf mich. Charakterisiert wurde er als Kind hauptsächlich durch zwei Merkmale: umfassendes Verantwortungsbewußtsein und absolute Aufrichtigkeit. Tatsächlich konnte ich mir meinen Bruder nie als jemanden vorstellen, der zu einer Lüge fähig wäre. Er log höchstens mal dann, wenn es darum ging, jemanden offensichtlich zu ›veräppeln‹. In seiner Unfähigkeit, aus egoistischen Gründen zu lügen, ähnelte er in gewisser Weise unserem Onkel J., den er allerdings über die Maßen ärgern und aufziehen und ›veräppeln‹ konnte.

Auffällig war mein Bruder als Kind nur durch eine Szene geworden, die sich aber nicht bei uns, sondern bei einem der üblichen großen Familientreffen im Haus des Oberfinanzpräsidenten abgespielt hatte, also bei meinen Großeltern in Frankfurt. Besonders meiner Mutter ist das Geschehnis, das sie als köstlich empfand, im Gedächtnis geblieben, vermutlich hat sie es mit der Zeit verklärt und ausstaffiert. Sie konnte ihre Schwiegermutter nicht ausstehen. Diese Szene gehört zu den frühsten Erzählungen in meinem Leben, zum familiären Fundus bzw. Grundrepertoire. Selbst habe ich sie nicht miterlebt, denn ich hatte vor den Besuchen in Frankfurt immer eine solche Angst, daß ich meistens bei meiner Urgroßmutter in Friedberg bleiben durfte.

Beim Großvater in Frankfurt traf man sich meist im Sommer oder zu Geburtstagen. Die erste Phase des Besuchs wurde bei gutem Wetter im Garten verbracht, dann versammelte man sich um einen großen Tisch im Eßzimmer. An diesem Tisch, besser dieser Tafel, vor der breiten Fensterfront und unter dem dunklen Kranzgesims, das die Wände zur Decke hin abschloß, hatten in vormaligen Zeiten die amerikanischen Generäle und Stabsoffiziere oder Attachés gesessen, mit denen mein Großvater kooperiert hatte. Jetzt nahmen die Mitglieder der zahlreich gewordenen Familie daran Platz.

Beim Essen lag schweres Silberbesteck auf dem Tischtuch, Porzellangeschirr war aufgetragen. Die Kinder, die noch zu klein waren, wurden in der Küche oder im Garten versorgt. Meine Großmutter wollte Ruhe und Ordnung am Tisch haben. Da mein Bruder zu den älteren Enkelkindern zählte, saß er unter den Erwachsenen an der großen Tafel, und hier setzt die Szene ein.

Man muß sich ein allgemeines gegenseitiges Herumreichen der Schüsseln vorstellen, Suppe, dann Hauptgang, und wenn danach die erste Pause eintrat, pflegte meine Großmutter die Enkelkinder einer Prüfung zu unterziehen. Natürlich tat sie das nicht aus pädagogischen Gründen. Mein Bruder und ich nannten sie den »Drachen«.

Ihre Überprüfungen nahm meine Großmutter zum Beispiel anhand von Fragen vor, die die Geografie betrafen. »Was ist die Hauptstadt von …?« Sie stellte auch einfache Rechenaufgaben, immer aus dem Einmaleins, denn sie selbst beherrschte kaum mehr als die einfachsten Rechenarten (meine Großmutter war keine gebildete, aber eine unerbittlich auf korrekte Form bedachte Frau). Oder sie nahm ein Messer, legte es vor eines der Enkelkinder und wies an: »Wie gibt man das Messer richtig?« Mir liegt noch der Ton ihrer Stimme im Ohr, ich verbinde ihn hauptsächlich mit jenem Satz, den ich später selbst oft von ihr gehört habe: »Wie gibt man das Messer richtig?« Das betreffende Kind sollte dann das Messer am Griff nehmen, die Messerspitze in Richtung des eigenen Körpers richten und das Messer der Empfängerin mit dem Griff zuerst überreichen.

In einem dieser Prüfungsmomente nun soll mein Bruder, vergleichsweise früh in seinem Leben und vielleicht noch neu und frisch an der Erwachsenentafel, mit staunend geöffnetem Mund der Großmutter zugesehen haben, wie sie gerade ein älteres Enkelkind das Messer richtig reichen hieß. Mein Bruder nahm urplötzlich – ohne daß so etwas bei ihm je vorher beobachtet worden war – Gabel und Messer in die Hände, schlug beide mit den Griffen auf den Tisch und skandierte in Dreierbetonung dazu: *Au-tori-tät!! Au-tori-tät!! Au-tori-tät!!*

Jener herrschaftskritische Geist, der sich so unerwartet am Frankfurter Tisch manifestierte, führte Jahre später zu ersten Auseinandersetzungen am sonntäglichen Mittagstisch im Mühlweg. Es waren überhaupt die ersten Auseinandersetzungen zwischen meinem bis dahin so ›vorbildlichen‹ und pflegeleichten Bruder und meinem Vater. Mein Bruder war damals zwölf Jahre alt. Es ging um den auf den Tisch aufgestützten Ellbogen.

Man kennt das Ellbogenproblem aus diversen Filmen und Fernsehserien dieser Zeit – es war ein Klassiker. Auf dem Bildschirm gab es meist einen kurzen, heftigen Schlagabtausch, das Kind bzw. der Jugendliche wurde ermahnt, den Ellbogen vom Tisch zu nehmen, reagierte lustlos auf die Ermahnung, wurde erneut ermahnt, und dann explodierte die Situation, es gab eine Ohrfeige, der Junge (es waren nie Mädchen) verließ den

Tisch, und die Sympathie des Betrachters gehörte dem Bestraften.

Bei uns verlief das anders. Mein Bruder *diskutierte*. Im Gegensatz zu den Kindern im Fernsehen, die bloß opponierten, akzeptierte er Situation und Problem nicht unhinterfragt. So ergab sich ein um das andere Mal das gleiche, jedwedes erhoffte Sonntagsidyll vernichtende Streitgespräch an unserem Tisch. Mein Bruder stützte seinen Ellbogen auf, mein Vater sagte, so etwas mache man nicht, mein Bruder fragte, wieso man so etwas nicht mache, mein Vater entgegnete, das gehöre sich nicht, mein Bruder erklärte, das sei keine Begründung. Mein Vater konnte nicht genauer darlegen, wieso man so etwas nicht mache, alle seine weiteren Erklärungsversuche waren hilflos (»das sind keine Manieren«; »was sollen denn andere Leute von dir denken«; »du bist ein Fulder« – mit letzterem meinte er so etwas wie ›ungehobelte Person‹).

Die Streitereien über den Ellbogen meines Bruders wiederholten sich Monate, vielleicht sogar Jahre in einer für meinen Vater quälenden Dauerschleife und führten bei ihm dazu, daß er sich anschließend unter einem heftigen Migräneanfall nach oben ins abgedunkelte Schlafzimmer zurückziehen und Kopfschmerztabletten nehmen mußte. Für seinen ältesten Sohn waren das keine Triumphe, er reagierte nur mit völligem Unverständnis auf das für ihn sinnlose Beharren unseres Vaters auf einer Regel, die dieser nicht begründen konnte.

Bald vollzog sich der Übergang der Streitigkeiten vom Thema Tischsitten zu Grundlegenderem. Es ging nun um Politisches.

Soweit ich wußte, wählte unsere Familie traditionellerweise CDU. Alle meine Verwandten, Tanten, Onkel, Großeltern, wählten diese Partei. Was ihre Vorfahren gewählt hatten, wußte ich nicht. Mein Oberfinanzpräsident-Großvater, ehemals Beamter im Dritten Reich, war für die CDU tätig, mein Vater war ebenfalls für diese Partei aktiv, seitdem ich denken kann. In meiner Zeit als Grundschüler hatte er, wie gesagt, als Bürgermeister in unserer Stadt kandidiert, hatte seine Kandidatur aber auf Druck meiner Mutter zurückziehen müssen. Diese fürchtete Übergriffe auf uns Kinder, denn unsere Umgebung war hauptsächlich sozialdemokratisch, unser seltsam großes Grundstück lag inmitten eines Arbeiterviertels. Gewalttaten, Entführungen, Erpressungen, keine Ahnung, was meine Mutter im Sinn hatte. Mein Vater war zur Zeit seiner Kandidatur im Magistrat der Stadt, wechselte später in den Kreistag, blieb dort jahrzehntelang in Ausschüssen tätig, war im Vorstand des Kreisverbands und bekam irgendwann das Bundesverdienstkreuz (das er sich an die Bürowand hängte). Wenn in Friedberg oder Bad Nauheim Wahlen stattfanden, fuhr er am Nachmittag die einzelnen Wahlbüros ab, stöberte dort in den Wählerverzeichnissen nach unserer Verwandtschaft, und falls einer (oder eine) noch nicht gewählt hatte, suchte mein Vater die betreffende Person auf und kutschierte sie höchstpersönlich zum Urnengang, damit sie die eigene Partei wähle.

Auch sein ältester Sohn war zunächst in einer Kinder- oder Jugendgruppe der CDU tätig.

Als Kinder transzendierten wir den Horizont der Familie zunächst nicht, sondern wuchsen mit ihren Positionen auf. Der grassierende Haß auf die »Baader-Meinhof-Bande« etwa, die gegen den angeblich immer noch braun gefärbten Staat kämpfte, ergriff auch uns. Meine Großmutter, mein Onkel J., meine Eltern saßen vor den Fernsehnachrichten und betrachteten die Bilder der (vermeintlichen) Terroristinnen und Terroristen, als handle es sich um persönliche Feinde, die Feinde unserer Familie und überhaupt die Feinde von allem. Sie wollten uns ans Eigentum, denn sie waren Kommunisten, und beabsichtigten uns am Ende wohl auch zu töten. Beruhigen konnten sich die Familienmitglieder erst wieder, wenn Frankenfeld oder Kulenkampff oder Rosenthal lief, dann war die Gefahr für eine Weile gebannt. Über Rosenthal pflegte unsere Nähfrau Däschinger zu sagen, wenn ich donnerstags mit ihr allein war und *Dalli Dalli* schaute: Er sei zwar ein Jude (»er iss zwar en Jutt«), aber er sei ihr trotzdem sympathisch. Es klang, als müßte sie es rechtfertigen, wenn sie Rosenthal schaute. Ich wuchs mit diesem Satz auf wie mit vielen anderen auch und machte mir keinerlei Gedanken darüber. Ich wußte ja nicht einmal so genau, was ein Jude überhaupt war.

Sonntags kaufte mein Bruder, damals großer Fußballfan, wegen des Sportteils die *Bild am Sonntag*, und als ich einmal die *Bild*-Schlagzeilen über die »Baader-Meinhof-Bande« auf der ersten Seite las, wies er mich darauf hin, ich solle nicht alles glauben, was da stehe. Dieser Gedanke war für mich völlig neu.

Mein Bruder quittierte dann seine CDU-Jugendgruppe und vollzog einen politischen Schwenk um einhundertachtzig Grad. Ich bekam die Ursachen dieser ›Veränderung‹ nur von fern mit, denn die ›Veränderung‹ vollzog sich außerhalb der Familie. Es war der Beginn seiner Abnabelung. Die Konsequenzen erlebte ich in Form der plötzlich anschwellenden politischen Streitgespräche am Sonntags-Eßtisch.

Das Unglück, das Verderben und damit die ›Veränderung‹ fingen an, als eines Sommers auf der Friedberger Seewiese unterhalb der Stadt eine Kinder- und Jugendspielwiese eröffnet wurde. Man nannte die Veranstaltung »Kinderplanet«. Ich weiß nicht, wer die Organisatoren dieses Kinderplaneten waren, vermutlich hatte die Aktion etwas mit der SPD oder dem DGB zu tun. Für meine Eltern war der Kinderplanet eine verkappte rote, also linke Werbe- und Propagandaveranstaltung. Das Schlimme war: Mein Bruder ging dorthin.

Das tägliche Procedere in diesem Sommer: Zu Hause bei uns entsteht Unruhe, weil der Sohn nicht da ist, sondern sich, wie die Eltern vermuten, auf dem Kinderplaneten aufhält, obgleich man ihm untersagt hat, da hinzugehen. Untersagt hat man es ihm, weil er dort schlechtem Einfluß unterliege. Ich konnte mir unter dem Kinderplaneten nichts Konkretes vorstellen, der Begriff machte mir aber angst, nicht der Roten, sondern der Kinder wegen, mit denen ich dort hätte spielen müssen. Ein Kinderplanet mußte noch tausendmal lauter, bunter und furchterregender sein als das, was ich an meinem ersten und einzigen Tag im Friedberger Kindergarten erlebt hatte. Auch auf den gewöhnlichen städtischen Kinderspielplätzen spielte ich nicht mit anderen Kindern. Was ich jedoch in meinem Erschrecken über den Begriff Kinderplanet nicht auszublenden vermochte, war, daß mein eigener Bruder dorthin ging, und zwar aus eigenem Antrieb. Es mußte diesem Kinderplaneten also noch etwas anderes, Besseres, innewohnen, wenn jemand wie mein Bruder Interesse dafür hatte. Bis *dato* hatte ich nämlich an allem, was er (allein oder mit seinen Freunden) unternahm, immer gern teilgenommen. Insofern der Kinderplanet und die Roten etwas waren, das mit ihm offenbar kompatibel war, mußten jener Planet und die Leute dort mindestens irgendwelche gutzuheißenden Seiten an sich haben. Hingehen mochte ich trotzdem nicht.

Er ist also wieder nicht zu Hause, irgendwann reißt meiner Mutter der Geduldsfaden, und sie steigt in ihr Auto, um zur Seewiese zu fahren und ihn vom Kinderplaneten zu holen. Oder sie ruft meinen Vater an, damit er aus Frankfurt zurückkommt und selbst seinen Sohn abholt. Oder sie fahren beide zur Seewiese, auf der Suche nach ihrem verlorenen Sohn.

Die Seewiese war ein die meiste Zeit des Jahres leerstehendes Erholungsgelände, auf dem im Herbst Schallers Festzelt errichtet wurde und die Friedberger den Herbstmarkt feierten. Natürlich feierten meine Eltern nicht mit. Solchen Anlässen hielten sie sich stets fern.

In jenem Sommer nun standen dort die kollektiven Gerätschaften und Bauten des Kinderplaneten. Ich hatte von Zelten gehört und Holzhütten, die man gezimmert habe, überhaupt werde dort vieles in Handarbeit hergestellt, und die Kinder und Jugendlichen würden unter Anleitung von Erwachsenen in die betreffenden Techniken und Herstellungsmethoden eingewiesen. Diese Anleitung war natürlich nur Tarnung, denn es ging ja nicht um das Verfertigen von Zelten und Holzhütten oder Spielgeräten etc., sondern um das Indoktrinieren.

Ich habe Fotos und Berichte von einem Holzschild in Erinnerung, das über so etwas wie einem Eingangstor – vielleicht nur einem angedeuteten Tor – angebracht war und auf dem »Kinderplanet« zu lesen stand. Innerhalb des dahinter abgegrenzten Bezirks hatten sie einen ganzen Kosmos für sich errichtet, mit allgemein zugänglichen Küchen, Teestuben, Werkstätten, als würden sie die Welt im Kleinen nachbauen, ein komplettes, funktionierendes Zivilisationsgebilde in Miniaturausgabe. Die, die dort die Aufsicht führten, trugen vermutlich alle Bärte und nahmen Drogen. Die Frauen trugen keine Bärte, aber sie verführten die Kinder ebenfalls, denn sie waren alle links. Ich stelle mir vor, wie meine Eltern, sei es durch das Portal oder von einer Flanke kommend, in diesen Bezirk des Schmutzes, des Chaos und der Anarchie eindringen, meine Mutter in ihrem hellen Übergangsmantel, mein Vater in seinen Lederschuhen und korrekt gekleidet, und wie sie sich dann ihren Weg zu bahnen versuchen durch diese ungeheuerliche Welt, auf der Suche nach ihrem Sohn. Die Anarchisten mit ihren Haarbändern und Flickenhosen schauen meine Eltern ebenso entgeistert an, wie diese fassungslos die dortige Gesellschaft mustern. Von einigen werden sie angeduzt, aber meine Eltern bleiben höflich und reserviert, man sieht nur ihren Gesichtern an, wie angewidert sie sind. Mitleidig schauen sie auf die Kinder, die auf der Erde, ziemlich schmutzig, gerade ihren Tätigkeiten nachgehen, Nägel in Hölzer schlagen, Seile flechten und dabei in Wahrheit dem schlechten Einfluß unterliegen.

Wie zwei Unantastbare streben meine Eltern durch den linksutopischen Urwald des Kinderplaneten, manche Kinder sind sogar nackt. Meine Mutter sagt jetzt zu einem Mann, der eine regenbogenfarbene Strickmütze trägt (im Sommer!): Das Kind kann doch hier nicht so herumlaufen, es hat ja gar nichts an. Der Mützenträger reagiert darauf nicht, sondern mustert nur kurz meine Mutter von oben bis unten. Sie laufen weiter, und mein Vater sagt: Laß dich auf kein Gespräch ein, das hat doch keinen Sinn.

Während sie gehen, müssen sie darauf achten, wo sie hintreten, weil überall Gegenstände liegen oder Kinder ihnen vor die Füße laufen. Eines trägt gerade einen eineinhalb Meter großen Drachen an ihnen vorbei, und mein Vater sagt zu dem Kind, das sei ein schöner Drachen. Habe er den selbst gebaut? Das Kind läuft aber genauso wort- und reaktionslos weiter, wie der Regenbogenmützenmensch meine Eltern hat stehenlassen.

Da siehst du es, sagt meine Mutter und verzieht ihren Mund. Das wird dann daraus.

Da man sich aufgrund der vielen Aufbauten und Gerüste keinen Überblick verschaffen kann, müssen meine Eltern das ganze Terrain abschreiten. Jetzt sehen sie auf einer Holzbank Hugo Husemann sitzen. Besser gesagt, zunächst sieht Hugo Husemann meine Eltern, wie sie um die Ecke gebogen kommen. Gleich werden sie ihn erkennen. Oje, wieder die, denkt sich Hugo und läßt seinen Joint in eine kleine Blechdose gleiten, die er in ein Zelt hineinkickt.

Hugo Husemann, genannt Hasch-Hugo! Seit Tagen diskutiert er mit meinen Eltern darüber, daß ihr Sohn doch absolut das Recht habe, auf diesen Kinderplaneten zu kommen, wann er wolle. Seit Tagen diskutiert er mit ihnen darüber, daß er selbst überhaupt kein persönliches Interesse daran habe, daß aber ihr Sohn vielleicht für sich erkannt habe, daß er gesellschaftlich hier etwas lernen könne. Meinen Sie etwa, hatte meine Mutter bei der ersten Begegnung erwidert, daß es unserem Sohn zu Hause an etwas fehle? Das könne er doch gar nicht wissen, hatte Hugo gesagt.

Entsetzt mustert meine Mutter Hugo Husemann, der für sie einen der Hauptverführer ihres Sohnes darstellt. Er trägt Sandalen, darin stecken nackte, erkennbar ungepflegte Füße. Rote Hose, natürlich mit mindestens zwei Löchern, ein blaues Hemd, am Bauch nicht einmal zugeknöpft. Seine ebenfalls ungepflegten Haare (ich lernte Hugo wenige Jahre später kennen und kann mir vorstellen, wie er damals in jenem Sommer auf meine Eltern gewirkt haben muß) mit einem Gummi zu einem Zopf gebunden, und natürlich trägt er einen verwilderten Bart, selbst aus der oberen Wangenpartie sprießen ihm Haare. Neben ihm steht eine Bierflasche, und vor allem: Seinen Augen und überhaupt seinem Gesichtsausdruck, ja seinem gesamten phlegmatischen Auftreten kann man unzweifelhaft ansehen, welchen Drogenkonsum der Mann in seinem Leben hatte. Daher ist er in der ganzen Stadt nicht unter seinem bürgerlichen Namen, sondern unter dem Spitznamen Hasch-Hugo bekannt (das Wort war keine Erfindung meiner Eltern).

Mein Vater, meine Mutter zurückhaltend: Haben Sie unseren Sohn denn gesehen?

Hugo: Und wenn ich hätte?

Mein Vater: Jetzt machen Sie mal keine Witze. Ist er hier oder nicht? Er ist doch sonst immer bei Ihnen.

Hugo: Na ja, er ist ja auch ein intelligenter Kerl.

Mein Vater: Wo ist er?

Hugo: Na, dann melde ich mal ordnungsgemäß, daß ich die gesuchte Person heute leider noch nicht gesehen habe. Ich bin allerdings auch nicht viel herumgekommen, ich sitze (er blickt auf seine Bierflasche) eigentlich schon seit ein paar Stunden hier fest.

Mein Vater: Herr Husemann, Sie wissen, daß wir mit alldem hier überhaupt nicht einverstanden sind. Unsere Kinder würden wir gerne selbst erziehen, fraglich, ob das heute noch so möglich ist. Aber wie auch immer, ich traue Ihnen zumindest zu, daß Sie unserem Sohn ausrichten werden, er soll nach Hause kommen, wenn Sie ihn sehen.

Hugo: Trauen Sie mir das zu, ja? Trauen Sie mir ebenfalls zu, ihm die Entscheidung darüber völlig allein zu überlassen! Aber ausrichten tue ich das natürlich, und sogar mit Vergnügen, daß Sie ihn hier gesucht haben. Das mag er nämlich besonders.

Meine Mutter nimmt darauf meinen Vater an der Hand und geht wortlos davon. Ihre Augen spucken Feuer. Den ganzen Empfang auf der Seewiese empfindet sie als einzige Beleidigung.

Anschließend steigen sie in den Mercedes meines Vaters, fahren zurück in den Mühlweg und finden dort ihren ältesten Sohn vor, der drei Minuten nach ihrem eiligen Aufbruch Richtung Seewiese nach Hause gekommen war.

Allerdings rettet das meinen Eltern weder den Tag noch die Situation, denn der Sohn möchte an diesem Nachmittag unbedingt noch auf den Kinderplaneten ...!

Zu Hause kam es immer zu denselben Streitigkeiten, wenn mein Bruder auf die Seewiese wollte. Meine Mutter schimpfte auf die Leute dort, mein Vater sprach Verbote aus. Dem Sohn wiederum gefiel überhaupt nicht, wenn ihn seine Eltern mal wieder abzuholen versuchten, darauf reagierte er inzwischen ziemlich allergisch (was natürlich für meine Eltern seinen Grund allein darin hatte, daß er inzwischen schon weitgehend ›indoktriniert‹ war). Es hatten sich im Verlauf des Sommers einige eruptive Szenen auf dem Schlachtfeld unterhalb der Stadt abgespielt, übrigens war es meinen Eltern zusehends seltener gelungen, meinen Bruder tatsächlich von dort zurückzuholen, denn dieser weigerte sich von Mal zu Mal standhafter, und meine Eltern wagten nicht, vor der in ihren Augen feindlichen Menge handgreiflich zu werden.

Eine Demütigung mußte mein Bruder allerdings hinnehmen. Wenn es im Mühlweg zu den Auseinandersetzungen kam, endeten sie nicht selten so, daß meine Eltern sich zwar geschlagen gaben, ihn dann aber doch wenigstens selbst auf den Kinderplaneten bringen wollten. Das war ihnen lieber, als wenn er allein dorthin gelaufen wäre. Für Außenstehende war es natürlich schwer begreiflich, wenn meine Eltern eine Stunde nach ihrem erfolglosen Abzug vom Kinderplaneten, auf dem sie mal wieder meinen Bruder gesucht hatten, nun erneut mit dem Wagen vorfuhren, und zwar diesmal, um ihn dort eigenhändig abzuliefern. Schwer auch zu begreifen, aber dennoch unabweisbar, daß sie gerade in den verabscheuten Hugo Husemann ein gewisses Vertrauen setzten, weil sie bei ihm wenigstens wußten, woran sie waren. Ich stelle mir also vor, wie nach Ablauf jener Stunde Hugo erneut seinen Joint in die Blechdose wirft und die Dose in das Zelt kickt, weil die Familie ihren zweiten Auftritt an diesem Tag hat, diesmal in Begleitung meines peinlich berührten Bruders. Meine Mutter ist nicht mehr fähig, Hugo Husemann anzublicken, und mein Vater sagt: Herr Husemann, ich vertraue Ihnen gegen meinen ausdrücklichen Willen unseren Sohn an, aber ich kann es offenbar nicht ändern, also passen Sie wenigstens gut auf ihn auf.

Darauf verlassen meine Eltern den Kinderplaneten, mein zwölfjähriger Bruder und Hugo Husemann schauen sich wortlos an und tippen sich gleichzeitig mit dem Zeigefinger an die Stirn.

Die »Hölle«, durch die meine Eltern gehen mußten, nahm damals allerdings erst ihren Anfang, der Kinderplanet war nur das Dantesche Eintrittsportal, mit dem Unterschied, daß auf dem besagten Holzschild nicht *Lasciate ogni speranza* geschrieben stand, sondern bloß *Kinderplanet*, in knallig roten und gutgelaunten Buchstaben.

Wenn meine Eltern meinen Bruder im Auto zum Kinderplaneten bringen wollten, hatten sie einen weiteren Grund. Sie konnten dann wenigstens sicher sein, daß er auch tatsächlich nur den Kinderplaneten besuchte und nicht vorher zu einem noch viel schlimmeren Ort abbog, in dessen Radius er zu der Zeit hineingeriet. Mehr noch als der Kinderplanet konnte jener Ort – zumindest dem Geist meiner Eltern nach – nur in dantesken Inferno-Farben ausgemalt werden.

Ich stellte mir unter dem Ort (ich kannte ihn damals noch nicht) etwas Dunkles, spelunkenhaft Unaufgeräumtes vor, es ging auch dort um Drogen, allerdings in viel höherem Maße als auf dem Kinderplaneten, alle dort waren links, ebenfalls in viel größerem und radikalerem Ausmaß, gefährlich, verdorben auf nicht mehr zu beschreibende Weise, schmutzig, zerrissen, eine lichtlos rattenhafte Ansammlung von Gezücht schien dort die Verhältnisse zu bestimmen, und an diesen Ort der Verkommenheit führte meinen Bruder nun sein Weg. Es handelte sich um das einige Jahre zuvor gegründete Friedberger Jugendzentrum (das möglicherweise Mitveranstalter des Kinderplaneten war). Baader-Meinhof und Jugendzentrum, links und terroristisch, alles kam plötzlich zusammen. Sie lehnten sogar Eigentum ab! Meine Eltern, die in unserem Viertel gleichsam Großgrundbesitzer waren, verfielen ein um das andere Mal in Schockstarre. Dort lief ihr Sohn hin!

Ich selbst begann etwa fünf Jahren nach den großen Schlachten um meinen Bruder an jenen sagenumwobenen, mephitischen Ort zu gehen. Für mich war das Juz allerdings von Anfang an ein Idyll. Es gab einen großen Innenhof, in dem stets einige in Leder gekleidete Jungs mit einem Ball kickten oder um eine Tischtennisplatte herumlungerten. So gut wie alle hatten eine Bierflasche in der Hand und rauchten. Wer immer wie ein Philosoph auf einem Stuhl oder einer umgekehrten Biersteige in der Sonne saß und sich mit ausgeglichenem und entspanntem Gesichtsausdruck eine Zigarette drehte, war Hugo Husemann, der mit seinen langen Haaren und dem offenen Hemd gewisse Ähnlichkeiten mit Lemmy Kilmister aufwies, dem Frontmann der Band *Motörhead*, von der damals im Jugendzentrum hin und wieder eine Platte aufgelegt wurde. Drinnen empfing den Ankommenden ein im Sommer angenehm abgedunkelter Raum. Rechter Hand eine Theke mit spottbilligem Bier. Alle Möbel waren Stückware vom Sperrmüll, ich erinnere mich an einen niedrigen Tisch, auf dem Literatur lag, Zeitschriften, Bücher. Die Unterschiede zum Lascaux, unserer Kellerkaschemme, waren nicht allzu groß. Man kam und ging, wann man wollte, und fand immer jemanden zum Reden.

Hinter dem Fläz-, Sauf- und Gesellschaftsraum erstreckte sich ein auf den ersten Blick unverständliches System von Gängen und Türen, das rechts in einen großen Veranstaltungssaal mündete, in dem Konzerte oder Filmvorführungen stattfanden. Ich selbst saß öfter in einem kleineren Probenraum am Schlagzeug und spielte mit irgendwelchen Leuten zusammen, an die ich mich in keiner Weise mehr erinnern kann.

Hugo auf seiner Stiege erzählte gern von meinem Bruder und den damaligen Zeiten. Durch Hugo wußte ich, daß meine Eltern fünf Jahre zuvor auch im Jugendzentrum erschienen waren, um dort Raum für Raum nach meinem Bruder abzusuchen. Er lachte sich immer halb tot, wenn er davon erzählte. Meine Eltern müssen sich nicht nur als Fremdkörper, sondern geradezu als Antimaterie im Jugendzentrum ausgenommen haben, Hugo sagte, er fand es ziemlich mutig, daß sie überhaupt hereingekommen sind. Immerhin hatten sie so etwas ja noch nie erlebt. Da sie niemand durch die Räume führte, mußten sie selbst auf Entdeckungsreise in die Hinterzimmer gehen, in denen meist irgendwelche Arbeitsgemeinschaften oder Handwerkskurse beieinandersaßen. Die auf den Couches wie Zerberusse lauernden Jungs in Lederklamotten mit ihren Bierflaschen und Zigaretten oder Joints in der Hand waren natürlich weitaus bedrohlicher als die Gesellschaft auf dem Kinderplaneten, aber es kam nie zu Pöbeleien oder Rempeleien.

Dann, sagte Hugo, ging dein Bruder ja auch bald ins Lascaux, da kamen sie auch hin. Erst suchten sie ihn im Sanssouci, dann im Lascaux. Immer fuhr irgendwo der Mercedes vor, weil die Familie mal wieder auf der Suche nach dem Sohn war. Muß für ihn damals ganz schön anstrengend gewesen sein. Fand das ja auch peinlich. Aber er wußte genau, was er wollte, das fand ich gut an deinem Bruder. Absolut nicht zu verbiegen. Ist ja dann auch richtig politisch geworden.

Natürlich trafen sich im Jugendzentrum auch politische Gruppierungen, Marxisten-Leninisten, Frauengruppen, Öko-Gruppen, Leute von der Friedensbewegung. Meine Eltern machten den Übertrag auf meinen Bruder und sahen ihn plötzlich vollgestopft mit allerlei Ideologien. Sonntags beim Essen konnte mein Vater manchmal nur noch ausrufen: Woher hast du das denn wieder? Wer hat dir denn das erzählt? Es ging um Eigentum, Sozialismus, Atomwaffen, Imperialismus, Wirtschaftswachstum, alte Nazis in führenden Positionen, mangelnde Aufarbeitung von Geschichte. Ob die bessere Welt plötzlich vom Himmel fallen solle, fragte mein Vater. Das seien doch alles Wolkenkuckucksheime! Das gäben ihm doch nur seine linken Lehrer ein! Diese Lehrer, die ihm solche Ideen einpflanzten, ließen sich ihr Leben genauso von diesem Staat bezahlen wie alle anderen.

Tatsächlich waren die Lehrer neben dem Kinderplaneten und dem Juz der dritte Faktor, was das Verderben meines Bruders betraf. Noch Jahrzehnte später konnte sich meine Mutter darüber in Rage reden, wie mein Bruder auf der Schule angeblich auf die falsche Bahn gebracht wurde (vor allem im Sozialkundeunterricht durch einen Lehrer namens Krafft). Das Wort, das sie in diesem Zusammenhang verwendete, lautete »funktionale Miterzieher«. Einmal, ich muß Anfang Zwanzig gewesen sein, mein Bruder wohnte längst in Berlin, fuhren sie und ich in Begleitung eines Freundes von mir, Jan Plaumann, nach Gedern, um dort den inzwischen beidbeinig amputierten und bettlägerigen Herrn Giebel zu besuchen, der seine letzten Jahre, abgemagert, vom Bier entgiftet und im geistigen Zustand eines Kindes, in einem Pflegeheim verbrachte, das mein Vater für ihn ausfindig gemacht hatte. Ich hatte Giebel seit Jahren nicht mehr gesehen und wollte ihn mal wieder begrüßen. Mein Kumpel Jan und ich nahmen die Fahrt als Gelegenheit zu einem Ausflug. Die Hinfahrt dauerte vielleicht vierzig Minuten und verlief friedlich. Jan kannte meine Familie ganz gut, er kannte auch meinen Bruder, und zwar über seinen Vater, der zusammen mit meinem Bruder bei den Grünen gewesen war.

In Gedern spazierten Jan und ich die meiste Zeit im riesigen Park des Pflegeheims umher, nachdem ich kurz bei unserer alten Gartenhilfe gewesen war. Jan hatte mit Herrn Giebel nichts zu tun, es wäre unangebracht gewesen, hätte er das Zimmer des Pflegebedürftigen betreten. Im Park war es still und angenehm grün, über die Straße tranken wir ein oder zwei Martini Orange. Meine Mutter kam nach einer Stunde in ihrem hellen Übergangsmantel und mit guter Laune, wenn auch von dem Verfall Giebels etwas angegriffen, aus dem Haus. Giebel verbrachte seine Zeit jetzt damit, Zeichnungen mit Buntstiften anzufertigen, die ganz und gar wie von der Hand eines Fünf- oder Sechsjährigen aussahen. Manchmal zeichnete er aus der Erinnerung heraus unsere Gartenhütte, manchmal unser Haus. In meinen Eltern erblickte er inzwischen so etwas wie (was die Fürsorge anging) gottähnliche Gestalten – solche, denen offenbar alles möglich war und die alles regeln konnten. Wir stiegen wieder in den Mercedes (den abgelegten Dienstwagen meines Vaters) und machten uns auf den Heimweg, meine Mutter meinte: Ach, der arme Herr Giebel, was waren das für

Zeiten, als er noch seine Beine hatte. Samstags saß er immer zum Mittagessen bei uns in der Küche. War das eine schöne Zeit, die ersten Jahre! Es war anstrengend, die Firma, der Hausbau, die Kinder noch klein, aber damals war noch alles in Ordnung. Es herrschte Harmonie. Und jetzt ist unser Giebel nur noch so wenig. Man kann ihn gar nicht mehr erkennen, so klein ist er geworden. Auf dem Bett nimmt er kaum Platz ein. Das sind ja höchstens nur noch ein Meter zehn. Ja, früher war noch die ganze Familie beisammen. Wenn ich mir vorstelle (monologisierte sie beim Fahren, wir saßen auf der Rückbank), wie das alles am Anfang war und wohin es sich entwickelt hat. Die – (sie nannte den Namen meiner Schwester) ist in Amerika, sie haben wir seit einem Jahr nicht mehr gesehen. Du (sie meinte mich) bist nach Frankfurt gezogen, aber dich sieht man wenigstens noch ab und zu. Ich frage mich, was wir an uns haben, daß ihr alle fortwollt.

Ich: Na ja, die Oma lebt nach wie vor, Onkel J. lebt nach wie vor.

Sie: Und der Heinz, mit dem ist es ja auch so schwierig geworden.

Ich: Onkel Heinz kam aber früher noch ganz

schön oft. Ich kann mich erinnern, wie mein Vater und er immer Federball im Garten gespielt haben, als ihr das Haus neu gebaut hattet.

Sie: Ja, der Heinz, der war früher ganz anders.

Ich, zu Jan: Sie haben genau dort ihr Seil fürs Federballspielen gespannt, wo heute die beiden Grundstücke aneinandergrenzen. Das war wohl damals unbewußt geschehen. Heinz stand bereits auf seiner Seite, mein Vater auf der Rest-Boll-Seite.

Ich stellte jetzt meiner Mutter die sadistische Frage (auf die ich ihre Antwort seit fünfzehn Jahren, Jan seit etwa drei Jahren auswendig wußte): Warum ist denn der Heinz so schwierig geworden?

Jan schaute höflich schweigend vor sich hin, als ich diese Frage von der Rückbank aus stellte, aber ich sah ihm an, daß er wußte, was folgen würde.

Meine Mutter: Der Heinz war immer mein Lieblingsbruder. Wir haben uns früher gut verstanden, wir haben uns immer sehr gemocht. Er hat es auch gut gehabt. Während ich die Steinmetzfirma übernehmen mußte ... ich wollte ja eigentlich studieren ... aber es mußte jemand die Firma machen ... und der Heinz war auch noch zu jung damals ... wir haben ihm ja das Studium erst möglich gemacht, er wollte ja Priester werden.

Ich, zu Jan: Er ist Psychotherapeut geworden.

Sie: Der Heinz hat früher alle Möglichkeiten bekommen, ich hatte die nicht. Ich mußte die Firma übernehmen. Das weiß der Heinz bis heute nicht, was das bedeutet hat, ich mit drei Kindern.

Ich: Heinz war doch kein Jugendlicher mehr! Als mein Großvater gestorben ist, warst du 31, und Heinz war 26. Du redest über ihn, als sei er noch ein Student gewesen.

Sie: Er wollte die Firma ja nicht. Das mußte ich machen. Aber damals haben wir uns noch gut verstanden, er ist erst anschließend so seltsam geworden.

Ich: Was heißt das, seltsam geworden?

Sie: Wie er herumgeschrien hat, weißt du das nicht mehr? Dein Vater kam nach Hause und hat sich sofort ins Bett legen müssen, wenn er beim Heinz gewesen war. Weil der Heinz diese unmöglichen Vorstellungen hatte. Aber die kamen bei ihm ja auch erst, als ...

Ich: Ja, als?

Ich nickte Jan unauffällig zu, weil gleich die Pointe kommen mußte. Bei dieser Pointe könnte man meinen, sie sei gar keine, weil Jan und ich sie längst auswendig kannten – aber gerade das machte die Pointe aus: daß alles von meiner Mutter immer völlig stereotyp wiederholt wurde in Wortlauten, die sich nie änderten.

Sie: Als er die Dörte kennenlernte. Die Dörte … (ich, zu Jan: Sie ist, du erinnerst dich, Dänin) … die Dörte, in der haben wir uns schon getäuscht, immer freundlich, aber die war von Anfang an auf ihren Vorteil bedacht, die hat den Heinz sehr zu seinem Nachteil beeinflußt. Es ging immer um das Grundstück. Als hätten wir das nicht gerecht verteilt. Wir haben uns wirklich sehr gemocht, der Heinz und ich, uns konnte früher nichts trennen. Bis halt die Dörte kam.

Ich: Was hat denn die Dörte gemacht? Als ich ein Kind war, war sie eine der wenigen, vor denen ich keine Angst hatte.

Sie: Sie hat den Heinz ganz genau im Griff. Die weiß genau, was sie will. Die Dörte hat den Heinz von Anfang an beeinflußt.

Ich: Zu was beeinflußt?

Meine Mutter, zum Autofenster hinausweisend: Ach, laßt uns doch nicht über so schwere Dinge reden. Die Bäume da draußen, sind sie nicht schön? Und das schöne Feld da, wie es blüht!

Ich weiß bis heute nicht, was Jan in diesem Moment ritt, folgende Frage zu stellen. Im Gegensatz zu mir wollte er meine Mutter sicher nicht quälen. Er stellte die Frage nicht mit Absicht. Aber durch den bisherigen Gesprächsverlauf hätte er eigentlich wissen müssen, was er damit auslöste.

Er fragte nach meinem Bruder: Was macht eigentlich –? Ich habe, sagte Jan, lang nichts mehr von ihm gehört.

Meine Mutter hatte sich innerlich nicht vom Heinz-Dörte-Thema lösen können und verortete Jans Frage im gleichen Kontext. Dein Bruder, sagte sie zu mir, wurde auch schlecht beeinflußt, sonst wäre er noch hier.

Ich: Was? Er wäre noch hier?

Sie: Wieso ist er denn weggegangen? Wie kann man denn seine Eltern so sitzenlassen?

Ich: Er mußte doch weggehen! Sonst hätten sie ihn gezogen, und hätten sie ihn gezogen, wäre er in den Bau gekommen.

Ich schaute meine Mutter im Rückspiegel an, ihre Augen glänzten, sie begann immer mehr in Gedanken zu kreisen, die gegen Einspruch von außen offenbar unzugänglich waren. Sie seufzte schwer (das sollte zum Ausdruck bringen, wie sehr sie ihren Sohn vermisse).

Mein Bruder hatte anstelle des Wehrdienstes ursprünglich eine Stelle bei einem technischen Ersatzdienst angetreten, das war vielleicht sechs Jahre her. Seit da hatte er alle zwei Wochen für ein paar Tage in einem Bunker irgendwo in Hessen gesessen und auf Radarschirme gestarrt, um zu melden, falls die russischen Raketen auf dem Schirm erscheinen. In diesem Bunker wurden sie mit Bundeswehrrationen ernährt, deren Verfallsdaten abgelaufen waren. Einigen wurde schlecht davon. Mein Bruder hektographierte in Agitationsmanier ein selbstverfaßtes Informationsblatt zu diesem Thema, wurde zum Dienstleiter gerufen, noch am selben Tag mit dem Hinweis freigestellt, daß am nächsten Tag der Gestellungsbefehl zur Bundeswehr kommen werde, und war am Abend dieses nächsten Tages nach Berlin-Kreuzberg übersiedelt. Allerdings hatte er zu dieser Zeit schon längst nicht mehr im Mühlweg gewohnt.

Ich: Aha, wer hat denn auf ihn Einfluß gehabt? Meinst du jetzt wieder den Kinderplaneten? Das Juz?

Meine Mutter: Sie waren alle gegen Familie. Das haben sie auszutreiben versucht. Man läßt das Kind an die Schule, und dann kommen solche

Lehrer, und im siebten Schuljahr war es doch ganz ersichtlich, welchen Einfluß dieser ... dieser ...

Ich: Dieser Lehrer Krafft ...

Sie: ... dieser Krafft zum Beispiel auf ihn hatte, und wir, die Eltern, konnten dagegen nichts unternehmen.

Ich: Welchen Einfluß hatte denn der Lehrer Krafft?

(Dieses Gespräch hatten wir schon Dutzende Male geführt, ich gab immer die gleichen Stichwörter.)

Sie: Er hat ihm damals diese ganzen linken Ideen eingegeben mit Sozialismus und Eigentum, und er war gegen alles, was mit Familie und Tradition zu tun hat. Es waren überall (jetzt fiel das Wort) diese *funktionalen Miterzieher*. Dagegen kannst du als Eltern gar nicht ankommen, die nehmen dir komplett die Erziehung aus der Hand.

Ich: War der Pfarrer S. auch so ein funktionaler Miterzieher?

Sie: Ach, was haben wir gegen den Briefe geschrieben!

Jan: Warum denn das?

Ich, leise: Weil er einmal in einer Schulstunde übers Onanieren gesprochen und, schlimmer noch, das Wort »vorehelicher Geschlechtsverkehr« in den Mund genommen hatte.

Meine Mutter: Es ging immer gegen die Familie. Die Familie war ihnen ein Dreck wert, und wir konnten deinen Bruder nicht davor schützen.

Ich: Und meine Schwester hatte andere funktionale Miterzieher?

Meine Mutter: Ach, Andreas, es ist schrecklich. Es ist alles schrecklich.

Ich: Und ich, ich bin also, wie ich hier sitze, auch ein Ergebnis des Ausgeliefertseins an die bösen funktionalen Miterzieher?

Sie: Du bist deinem Bruder in vielem ähnlich. Aber wir haben ja aufgegeben. Tut doch alle, was ihr wollt.

Ich, zu Jan: Da draußen, die Felder, wie schön alles blüht. Und die Bäume!

Sie: Macht euch nur lustig.

Ich: Was ist denn ein funktionaler Miterzieher überhaupt? Ich meine, außer dem Lehrer Wolfgang Krafft. Wie funktioniert denn so ein Vorgang der ›funktionalen Miterziehung‹? Woher kommt das Wort überhaupt? Ist das deine Formulierung?

Alles, sagte sie, alles erzieht mit an so einem Kind. Man kann es den Einflüssen nicht entziehen, weder in der Schule noch sonst, wenn es draußen verkehrt.

Ich: Das heißt, hätte mein Bruder keinen Kontakt zu irgend etwas außerhalb der Familie gehabt, wäre er normal geblieben, so aber ist er verdorben worden, kraft der bloßen Existenz einer Umwelt?

Sie: Hör bitte auf, nicht wieder dieser Krafft, ich bin froh, wenn ich all das vergessen haben werde. (Seufzend:) Eines Tages ist ja sowieso alles vorbei.

Diese Gespräche konnten noch jahrzehntelang wie auf Knopfdruck abgerufen werden.

2

Eines Tages »geschah etwas«. Das, »was geschah«, machte unsere Familie über die Stadt und den Landkreis hinaus bekannt und hatte mit dem alten Firmengrundstück zu tun. Mein Bruder war damals achtzehn, ich dreizehn.

Ich glaube, es handelte sich um einen Freitag oder Samstag. Zwar kann ich mich nicht mehr an den genauen Tag erinnern, aber die Familie wird das Wochenende, an dem der Beamtenapparat der Stadt nicht besetzt war, ausgenutzt haben. So konnten sie sich etwas Zeit verschaffen. Mein Vater war nachmittags zu Hause. Den Mercedes hatte er in die Garage gefahren, was unüblich war, sonst ließ er ihn bis zum Abend in der Einfahrt stehen.

Es muß Zufall gewesen sein, daß sich alle drei Kinder zeitgleich an diesem Nachmittag im Haus aufgehalten hatten. Meine Eltern baten uns gegen halb vier Uhr, ausnahmsweise in den nächsten zwei Stunden nicht das Haus zu verlassen und auch nicht zu öffnen, falls es klingeln sollte.

Wir: Warum?

Meine Eltern: Weil nachher »etwas geschehe«.

Wir: Was denn?

Die Eltern: Auf dem Nachbargrundstück »werde etwas geschehen«.

Mit Nachbargrundstück war das Gelände gemeint, auf dem bis vor wenigen Jahren die Gebäude der alten Steinwerke Karl Boll gestanden hatten, die riesigen Hallen und die großen Kräne. Inzwischen war fast alles beseitigt.

Ich stellte mich ans Fenster und blickte hinüber zum Firmengelände. Dort tat sich nichts. Außer wildwachsenden Birken war kaum etwas zu sehen. Das einzige, was noch auf die einstige Firma verwies, war die lange Mauer, das seit Jahren zugesperrte und heruntergekommene große Eingangstor aus Metall und die ehemalige Mühle, die dort einsam stand, nicht mehr nur ohne Mühlrad und Flußlauf, sondern jetzt schon ziemlich verfallen und von Sträuchern umgeben. Auf dem Dach befand sich, deutlich zu erkennen, »Bewuchs«.

In den Kreisen, in denen ich damals verkehrte, wurde unsere Mühle mit romantischer Sehnsucht verklärt. Tatsächlich war es ja das älteste Gebäude im ganzen Stadtteil und lag idyllisch auf dem unbenutzten Grundstück. Besonders einige Frauen aus dem linken Umfeld, die in dieselben Cafés wie ich gingen, idealisierten das Gebäude, manche träumten davon, sie instand zu setzen und darin eine WG aufzumachen. Sie liefen jeden Tag an der Mühle vorbei und gaben sich den Fantasien eines besseren, antibürgerlichen Lebens mitten in Friedberg hin.

Die Mühle war neuerdings ins Visier der *Unteren Denkmalschutzbehörde* geraten. Diese forderte Maßnahmen zur Instandhaltung des Gebäudes. Je intensiver die Mühle in den Blick der Behörde kam, desto weniger verkäuflich wurde sie – und dadurch das gesamte Grundstück, auf dem sie sich befand. Jeder Käufer hätte die Mühle und damit sämtliche Auflagen, unter denen sie stand, mitkaufen müssen. Wer aber wollte ein uraltes, baufälliges, ja marodes und dazu noch denkmalgeschütztes Fachwerkgebäude übernehmen? Sicher kein Investor für ein Baugebiet, auf dem man ohne Mühle hätte um die zehn bis fünfzehn Wohneinheiten errichten können.

Ich hatte das Mühlengrundstück ein paar Wochen vor jenem Tag zum letzten Mal aufgesucht, die Mühle aber nicht mehr betreten, da sie seit Beginn der Auflagen verrammelt war. Die Fenster waren mit Brettern zugenagelt, vor die Tür waren Holzlatten geschlagen. Dennoch gab es auf dem Grundstück einen gewissen Verkehr. Unter anderem liefen manchmal ein paar Leute aus dem Juz-Umkreis mit ihren Bierflaschen dorthin, weil sie dachten, sie würden ihre Ruhe haben und von niemandem bemerkt werden. Mitunter wurden die Anwesenden aber bemerkt, dann wurde die Polizei gerufen, oder mein Vater ging selbst hinüber und wies die betreffenden Leute vom Grundstück. Noch wenige Tage vor diesem Wochenende waren die Verschläge an der Tür aufgebrochen worden, irgendwer hatte sich Zutritt verschafft.

Es ging auf drei Uhr nachmittags zu, die Sonne brannte heiß. Man hätte auf dem Gelände dort drüben um diese Stunde einen Western drehen können, staubig und versteppt genug war der Boden allemal. Eine gewisse Familiensolidarität verhinderte tatsächlich, daß mein Bruder und ich das Haus verließen (allerdings kletterten wir gegen sechs Uhr abends, nachdem »etwas geschehen war« und bereits die Polizei vor dem Grundstück stand, unbemerkt im Hintergarten über den Zaun, um zu unseren Verabredungen zu kommen).

Ich war, nachdem ich am Fenster gestanden und auf das gegenüberliegende Grundstück geblickt hatte, in mein Zimmer gegangen. Es lag eine eigentümliche Spannung in der Luft. Ich weiß noch genau, wie dann eine halbe Stunde später mein Vater (eine der seltsamsten Regungen seines Lebens, bis heute für mich nur erklärbar dadurch, daß er seine Anspannung mit irgendwem teilen mußte) sowohl mich als auch meinen Bruder aufsuchte, vielleicht auch unsere Schwester, und sagte: Es geht los.

Alle fanden sich an dem Fenster ein, an dem ich vor kurzem noch gestanden hatte. Es handelte sich um das Fenster im ersten Stock über der Hauseingangstür. Dort hatte ich in meiner Kindheit immer gestanden, wenn ich nicht zur Schule gegangen war, meine beiden Geschwister noch Unterricht hatten und dann auch noch meine beiden Eltern ins Auto stiegen – etwa, wenn meine Mutter meinen Vater aufgrund einer völlig aus dem Ruder laufenden Migräneattacke zum Arzt bringen mußte. Dann war ich stets zu diesem Fenster gelaufen, weil ich wußte, daß man von außen hinter ihm nicht erkannt werden konnte. Ich betrachtete den Aufbruch meiner Eltern, um gewiß zu sein, daß ich anschließend tatsächlich allein im Haus war. Allein im großen Haus, unbemerkt von der Umwelt draußen, das hatte mich jedesmal in eine euphorische Stimmung versetzt, in die rauschhaftesten Zustände meiner Kindheit.

Jetzt stand die gesamte Familie am Fenster, weil sie wußte, sie konnte dort nicht gesehen werden.

Ob mein Vater ein Signal bekommen hatte, kann ich nicht sagen. Ein Anruf kann es nicht gewesen sein, oder wenn, dann höchstens von einer Telefonzelle in der näheren Umgebung. Vielleicht war einfach eine exakte Uhrzeit abgesprochen.

Stille bei uns hinter dem Fenster (sogar mein Bruder und ich haben das Reden eingestellt), Stille draußen auf dem Gelände, vielleicht knirscht das alte Eisentor bei einem Luftzug, vielleicht klappert der eine oder andere lose gewordene Ziegel am Dach der Mühle. Wäre ein Rest Wasser in einer Dachrinne vorzustellen, könnte er Tropfgeräusche verursachen, rhythmisch, gleichbleibend, Tropfen um Tropfen, aber meiner Erinnerung nach war es ein trockener Sommertag, und die Regenrinnen waren längst verbogen oder abgebrochen und nicht mehr funktionstüchtig.

Das Fenster, an dem wir stehen, ist gekläfft. Jetzt hören wir ein Geräusch. Alle sind gebannt. Vom Westen her, von den Vierundzwanzig Hallen, dem Eisenbahnviadukt, nähert sich etwas, wird lauter. Ein Fahrzeug, wir können es vom Fenster sehen. Ich war in diesem Augenblick ein wenig enttäuscht. Es handelte sich um einen Bagger.

Der Bagger schien etwas orientierungslos an der Firmenmauer entlangzufahren, dann hielt er vor dem mit einer Eisenkette verschlossenen Eingangstor (sicherlich las der Fahrer in dem Moment das ehemalige Firmenschild *Steinwerke Karl Boll*). Der Bagger, gelb gestrichen, einen Maschinentyp hätte ich nicht benennen können, stand schräg auf der Straße, ein Mann stieg herab, vielleicht um die vierzig, kompakt, soweit ich es erkennen konnte, rotgesichtig und ziemlich apoplektisch, und machte sich am Tor der ehemaligen Steinwerke zu schaffen. Ich kannte weder den Bagger noch den Mann. Der Mann hatte offenbar einen Schlüssel für das (für mich vormals immer als unverletzlich, als tabu angesehene) Tor der Firma, er konnte nach einigem Herumprobieren das Vorhängeschloß öffnen. Wir schauten ihm dabei zu.

Jetzt schob der Mann das große Eingangstor beiseite. Ich fand es einigermaßen befremdlich, einen unbekannten Menschen, der dazu auch noch einen Bagger fuhr (wann hatte ich zuletzt einen Bagger im Mühlweg gesehen?), auf diese dubiose

Weise unser Firmengelände betreten zu sehen, auf das normalerweise niemand durfte.

Der apoplektische Baggerführer steht jetzt eine Weile vor der Mühle, seltsam klein gegen das nicht große Gebäude, sein Gesicht halbschräg in Betrachtung des Fachwerks nach oben gereckt, eine Szene wie von F. K. Waechter gezeichnet. Dann läuft er zurück auf die Straße und steigt auf seinen Bagger, mit dem er nun durch das von ihm geöffnete Tor auf das Karl-Boll-Grundstück bzw. die vierte Parzelle fährt.

Meine Schwester, die mit uns am Fenster steht, verschwindet alsbald gelangweilt auf ihr Zimmer, sie kann für die Szene kein Verständnis entwikkeln. Bagger, Grundstück, das sagte ihr nichts, und warum solange warten, es geschah ja augenscheinlich nichts.

Der Baggerfahrer läßt nun sein Fahrzeug wieder an, wir hören es durch das gekläffte Fenster, und fährt in zeitlupenhaftem Tempo auf das ausgetrocknete Grundstück, wobei er mit der Schaufel einige junge Birken wegräumen muß, die im Weg stehen.

Gleichsam als würde der Bagger das Gebäude, die alte Mühle, nachdenklich betrachten, fährt er langsam um das einsame Haus herum. Ich bemerke, wie bei einem der gegenüberliegenden Häuser, bei der Familie X, ein Fenster aufgeht und Herr X darin sichtbar wird.

Nun ist der Bagger etwa zwei- oder dreimal um das Gebäude herumgefahren. Dann endlich entschließt sich die Maschine zu einer Handlung. Der Baggerführer fährt an die Hinterseite des Gebäudes, hebt die Schaufel, fährt noch ein Stück näher heran und läßt die Schaufel in die Wand krachen. Was mit der Wand passiert, können wir von unserer Perspektive aus nur hören, nicht aber sehen. Die Schaufel hebt sich erneut und kracht wieder ins Gebäude.

Jetzt fährt der Bagger, als wolle er uns sichtbehinderten Zuschauern einen Gefallen tun, an die längsseitige Wand und beginnt dort die Mauer und das Fachwerk zu bearbeiten. Allerdings wirken seine Bemühungen harmlos, es sieht aus, als kratze er bloß ungelenk und ohne sichtbaren Erfolg an der Wand. Nur ein paar Staubwölkchen steigen in die Luft. Inzwischen sind auf der gegenüberliegenden Straßenseite weitere Fenster aufgegangen und neue Zuschauer erschienen.

Der Bagger hält inne und wechselt seine Taktik. Der Führer stellt die Schaufel höher und beginnt, mit ihr an der Traufe entlangzufahren. Tatsächlich stürzt jetzt ein Teil der Ziegel ein, im Dach entsteht ein Loch von einem oder zwei Quadratmetern. Der Bagger fährt wieder ein Stück vom Gebäude weg, als sei er erschrocken oder beeindruckt, und meine Mutter schließt das bis eben noch gekläffte Fenster, denn der Staub wird mehr.

In den folgenden zwanzig oder dreißig Minuten führt der Bagger ein schneckenhaft langsames Ballett um das Gebäude herum auf. Nachdem ein größerer Teil des Daches, an dem er sich zunächst abgearbeitet hat, eingestürzt ist, nimmt er sich wieder die Hauswände vor, eine immer größere Staubwolke entsteht um das, »was geschieht«, und am Ende sind von dem Gebäude nur noch zwei der vier Wände vorhanden, das Dach ist komplett ins Haus hineingestürzt. Meine Mutter zieht die Sichtschutzgardine vor das Fenster.

Nachdem die Staubwolken sich verzogen haben und der Bagger sich wieder Richtung Viadukt ins Nirgendwo entfernt hat, herrscht noch größere Stille als vorher. Vom Fenster aus können wir beobachten, wie sich erste Friedberger, Männer wie Frauen, vor dem Firmengrundstück versammeln.

Mein Vater, gebannt von dem Geschehen, kann sich noch längere Zeit nicht vom Fenster lösen.

Mein Bruder schaut ihn nachdenklich an. Sein Gesichtsausdruck dabei besagt: Au weia!

Der Garten unseres Hauses im Mühlweg war gegen die Straße durch ein kniehohes Mäuerchen geschützt, dessen Mauerstein dem Steinbruch der liquidierten Firma entstammte. Bekrönt war das Mäuerchen von einem metallenen Gitter mit Handlauf. Auf der Grundstücksseite des Mäuerchens hatte unser Vater mit der Hilfe Herrn Giebels Rhododendren und Azaleen angepflanzt. Mein Bruder und ich bahnten uns einen Weg durch diesen »Bewuchs«, kletterten über Mauer und Gitter und befanden uns auf dem Trottoir neben der riesigen Linde, die den Mühlweg und die umliegenden Häuser beschattete. Dort unter der Linde saßen manchmal biertrinkende Obdachlose und genossen den Schatten. Uns bot er jetzt Sichtschutz gegen die Menschenansammlung und die Polizei knapp hundert Meter straßenabwärts.

Wir liefen die Barbarastraße entlang. Zu zweit konnten wir reden.

Was hältst du davon? fragte ich.

Schwer zu sagen, meinte mein Bruder, sie hatten vermutlich keine andere Chance.

Ich: Hat unser Vater irgend etwas geäußert?

Mein Bruder: Na ja, es kam dieser Brief vom Denkmalschutzamt. Der Architekt M. ist wieder aktiv gewesen. Ich gehe davon aus, daß er sich das Desaster persönlich anschauen wird.

Ich: M. hat diesen Brief geschrieben?

Mein Bruder: Offiziell natürlich das Amt. M. ist nur Sachverständiger. Unser Vater glaubt, daß er letzte Woche in die Mühle eingestiegen ist. Dazu war er offenbar nicht befugt. Ist das nicht herrlich, illegaler Zutritt, Verschläge entfernen, herumstöbern? Wie weit das alles kommt!

Ich: Stimmt es, daß er unseren Eltern, das heißt der Erbengemeinschaft, ein Angebot gemacht hat? Also, daß er sich die Mühle unter den Nagel reißen will? Oder behaupten die das nur?

Mein Bruder grinste. Er zuckte mit den Schultern und sagte: Man lernt nie aus. Langsam beginnen mich Strategien dieser Art zu interessieren. Es wäre die klassische Methode, die wir aus Mafiafilmen kennen. Angebote, die man nicht ablehnen kann. Entweder du verkaufst mir deine Mühle für einen Apfel und ein Ei, oder du wirst sie überhaupt nie verkaufen. Könnte sein. Vielleicht haben unsere Eltern – oder, besser gesagt, die Erbengemeinschaft – eben gerade mittels eines Baggers ein solches Angebot abgelehnt.

Da, »Bewuchs«, sagte ich und wies auf eine kleine Unkrautstaude, die auf Höhe der Schmidtstraße am Zaun des ehemaligen städtischen Betriebshofs (stillgelegt wie unsere Firma und vom Boden her vermutlich ähnlich kontaminiert) emporwuchs. Es handelte sich um Johanniskraut.

Mein Bruder: Bewuchs?

Das Wort »Bewuchs«, sagte ich, hat das Zeug zum familieninternen Klassiker. Weil die Auflage doch war, das Gebäude »sei zu sichern« und das Dach des Gebäudes sei von »Bewuchs« zu entfernen. Ich fand das Wort »Bewuchs« so lustig. Tatsächlich hat der Bagger ja den »Bewuchs« entfernt! Auch wenn ein Bagger vielleicht nicht ganz das richtige Gerät war. Ich meine, für »Bewuchs«-Entfernung.

Mein Bruder brach in Lachen aus. Er hat das ganze Dach entfernt! sagte er.

Ich: Er hat fast das ganze Gebäude entfernt! Aber wie kommen sie zu diesem Baggerführer, kanntest du den? Ich kann mir das gar nicht vorstellen, wie unser Vater irgendwohin fährt, zu so einem Baggerunternehmer, sich dann mit ihm an einen Tisch setzt (wahrscheinlich ein Plastiktisch in irgendeinem Bauwagen) und dann solche

Gespräche führt. So dubios, so zwielichtig ... wie das Einbrechen M.s in die Mühle.

Mein Bruder: Welche Gespräche?

Ich: Na, warum bezahlt er einen Baggerführer mit Bagger? Er muß ihm doch irgendeine Anweisung gegeben haben.

Mein Bruder: Ich glaube, der Brief war eine Steilvorlage, ohne daß M. das gemerkt hat. Er war sich seiner Sache zu sicher. Oder er hat nicht mit unserem Vater gerechnet. M. besitzt ja schon ziemlich viele Häuser in der Altstadt. Aber die stehen alle nicht frei auf dem Gelände, die kann man nicht niederlegen, die stehen in Reihe. Sein Brief, also der des Amtes, war im Grunde das Beste, was der Erbengemeinschaft passieren konnte. Ja, den Zug hat M. offenbar schlecht gespielt. Im Augenblick des Triumphs macht man die größten Fehler.

Ich: Wie meinst du das?

Mein Bruder schmunzelte. Was traust du eigentlich unserer Familie zu? Du traust ihr doch nicht etwa wirklich zu, daß sie einen Bagger bestellen, damit er illegal die Mühle abreißt?

Ich: Aber das hat er doch ganz offensichtlich getan. Weshalb hat denn der Bagger alles niedergemacht? Ich meine, alles bis auf zwei Wände?

Mein Bruder lachte.

Nein, sagte er, das würde er niemals tun. Niemals.

Ich: Hä? Bitte? Du hast es doch mit eigenen Augen gesehen!

Mein Bruder: Unser Vater ist Jurist. Es ist in einer Familie wie unserer völlig egal, was du *mit eigenen Augen* gesehen hast. Es ist egal, wie es dir *vorkommt*, was du mit eigenen Augen gesehen hast. Eigene Augen sind keine Kategorie.

Ich: Kannst du mir das bitte erklären?

Er: Warts ab, du wirst schon noch sehen, was ich meine. Übrigens, wirkten unsere Eltern vorhin erschrocken?

Ich: Hm, kam mir nicht so vor.

Er: Wie wirkten sie?

Ich: Angespannt. Sie wirkten, als erwarteten sie etwas.

Er: Erwarteten sie die Erfüllung der Auflagen im Brief?

Ich: Verstehe ich nicht.

Er: Kleiner Bruder, ich weiß nicht, wohin du willst, ich stehe hier vor dem Haus, in dem sich Beates Wohnung befindet (Beate hieß zu der Zeit seine Freundin), und da gehe ich jetzt hoch. Der heutige Tag wird lange ... lange ... sehr lange dauern. Er wird für einige vielleicht der längste Tag ihres Lebens werden.

Mit diesen Andeutungen ließ mich mein Bruder auf der Straße stehen, und ich lief weiter in die Stadt hinauf. Als ich nachts gegen elf Uhr wieder durch den Mühlweg kam, wies nichts mehr auf den vorigen Auflauf hin. Es war dunkel, die Szenerie war jetzt nur noch von einer Straßenlaterne beleuchtet. Ich lief zum Firmengrundstück, das Tor war verschlossen. Wenn man sich direkt auf die Höhe der Mühle stellte, konnte man das Ausmaß der Beschädigung gar nicht erahnen. Die Vorderwand stand noch komplett, von meiner Warte aus schien nur das Dach zu fehlen. Da die Fenster nach wie vor mit Brettern vernagelt waren, konnte man nicht sehen, daß sich hinter den Fenstern kein Gebäude mehr befand, sondern nur noch Trümmer. Von der Straße aus betrachtet lag das Gebäude idyllisch wie eh und je da, nur ein bißchen zugewuchert vom »Bewuchs« ringsherum.

Während ich dort stand, schaute ich mich nach allen Seiten um. Es wäre kompliziert gewesen, wenn mich als Sohn der Mühlenbesitzer jetzt jemand hier an dieser Stelle angetroffen hätte. Mir wurde in dem Moment klar, daß ich nun ein Geheimnisträger war und jedes Wort von mir ein öffentliches Gewicht bekommen würde. Selbst wenn es einer Privatperson, vielleicht sogar einer befreundeten Vertrauensperson aus dem Sanssouci gegenüber geäußert wäre (etwa einer jener Frauen gegenüber, die in das Bauwerk verliebt waren), würde es in den Gerüchtekreislauf der Stadt eingespeist werden und innerhalb weniger Tage in völlig unvorhersehbarer Form auf die Familie zurückkommen.

Jetzt sah ich von der großen Linde her zwei Menschen im Halblicht auf mich zustreben. Wie von selbst setzte ich mich in Bewegung und lief in die entgegengesetzte Richtung, um Abstand zu gewinnen und unerkannt zu bleiben. Da ich mich dadurch vom Haus der Familie fortbewegte, mußte ich einen großen Bogen um den Block herum schlagen, um zu unserem Haus zurückzugelangen. Ich stieg vorsichtshalber an derselben dunklen Stelle unterhalb der Linde über den Gartenzaun, an der ich mit meinem Bruder vor Stunden das Grundstück verlassen hatte. Das Grundstück lag in Stille da. Im Haus schienen meine Eltern zu schlafen, mein Bruder blieb über Nacht fort.

Am darauffolgenden Montag erschien ich gegen sieben Uhr zum Frühstück. Mein Vater war in aller Frühe zum Briefkasten gegangen und hatte die *Wetterauer Zeitung* geholt. Wir waren auf der Titelseite vermerkt und eröffneten den Lokalteil. Man sah Fotografien der eingestürzten Mühle, der Artikel war groß, aber nicht sonderlich informativ. Die Gründe für den Einsturz wurden nicht erwähnt, es wurde lediglich vermerkt, daß das Gebäude eingestürzt sei. Mein Vater las den Artikel sehr aufmerksam, sein Gesicht glänzte. Dann fuhr er zur Arbeit, ich lief zur Schule und verbrachte einen vollkommen normalen Schultag.

Seltsame Tage der Ruhe. Diese anfängliche Ruhe lag wie eine Art Nebel (oder eine undurchdringliche Staubwolke) über dem Geschehen. In der Schule wurde ich nicht darauf angesprochen. Es erschienen weitere Meldungen in der *Frankfurter Rundschau*, dem Lokalteil der *Frankfurter Allgemeinen Zeitung*, und es wurde in den Nachrichten des *Hessischen Rundfunks* und der *Hessenschau* darüber berichtet. Überall hieß es, es sei eine denkmalgeschützte, historisch anscheinend unersetzbare Mühle in Friedberg eingestürzt. Gründe und Namen wurden noch nirgends genannt. Unser Name fiel erst ein paar Tage später.

Unterdessen war auch folgendes passiert: Herr X, der beim Einsturz der Mühle an seinem Fenster gestanden hatte, war bei der *Wetterauer Zeitung* im Lokalteil tätig und hatte inzwischen einen ausführlichen Augenscheinbericht des Vorgangs geschrieben.

Im Sanssouci, besonders unter den besagten Frauen, herrschte die Gewißheit, daß die Erbengemeinschaft Boll unter der Federführung meines Vaters, des Rechtsanwalts, eine Art großkapitalistische Gemeinheit begangen hatte. Hugo klopfte mir nur ironisch auf die Schultern. Von manchen Frauen im Sanssouci wurde ich sogar bemitleidet. Für sie war ich der gute, hübsche, junge Prinz aus einer verwunschenen dunklen Sippe.

Manchmal sah ich die eine oder andere Frau nachts mit verklärtem Blick unter der Straßenlaterne vor der Mühlenruine stehen. Wenn ich dann an ihr vorbeilief, sagte sie Dinge wie: Ach, Andreas, die Welt könnte eine so viel bessere sein.

Einmal versprach ich einer Saskia, die in der Oberstufe war, also viel älter als ich, sie mit auf das Grundstück zu nehmen, und als wir jenseits der Mauer im durchs Geäst nur spärlich einfallenden Laternenlicht standen und sie das ganze Ausmaß der Verwüstung sah, das von der Straße aus nicht zu erkennen war, begann sie tatsächlich zu weinen. Sie war fassungslos (sie war links-ökologisch). Diese Fassungslosigkeit verwandelte sich binnen kurzer Zeit in ein so gewaltiges Mitleid mit mir, dem armen Sproß dieser grauenvollen Familie, daß sie nicht anders konnte, als sich mit dem ganzen Gewicht ihres Körpers heftig an mich zu drücken und mich minutenlang in engster Umschlingung sehr intensiv zu küssen, um mich über mein arges Schicksal hinwegzutrösten.

Dann erfolgte ein Bußgeldbescheid, der auf einen Schlag alle beteiligten Familienmitglieder in Starre versetzte. Verfügt wurden der komplette Wiederaufbau des Gebäudes und die Erfüllung aller vorangegangenen Auflagen. Das Bußgeld belief sich für meine Mutter, ihren jüngeren Bruder Heinz, meinen Onkel J., meinen Vater und den Führer des Baggers auf insgesamt eine Million D-Mark.

Es kam zu einem ersten großen Prozeß, der monatelang die Friedberger Öffentlichkeit in den Bann zog. Zu jedem Termin pilgerten die Friedberger und setzten sich ins Publikum, wenn sie einen der begehrten Plätze ergattern konnten. Die Gründe für den Besucheransturm lagen vermutlich nicht nur in dem »großkapitalistischen Verbrechen« an dem verklärten Bauwerk, sondern auch darin, daß sich die Geschichte als Seifenoper darstellte. Die große Firma, der einstmalige Arbeitgeber, die bedeutendste Familie am Usa-Ufer, das gewaltige Gelände, und nun war aus den früheren Arbeitgebern eine Erbengemeinschaft geworden, die sich die ›Vergangenheit‹ vergolden lassen wollte. Man konnte die Erben vor Gericht bei dem Versuch scheitern sehen, ans große Geld zu kommen. Mehr noch, sie sollten für den Versuch bezahlen. Vielleicht bekamen sie sogar die Existenz ruiniert! Für viele verhieß das eine Katharsis wie bei der Tragödie im Theater: So durfte man sehen, wie es jemandem erging, der sich zu weit aus dem Fenster gelehnt hatte!

Eines Tages während dieses Prozesses befanden wir uns in der Küche, es war Samstag, Herr Giebel war anwesend, es wurde Kartoffelgemüse und Fleischwurst gegessen. Mein Vater plauderte mit Herrn Giebel über den Prozeß, das Nachbargrundstück und die Mühle. Giebel war der Familie so ergeben und so stumm in seinem allgemeinen Gebaren der Welt gegenüber, daß mein Vater keine Bedenken hatte, das Thema beim Essen anzuschneiden, zumal ja die ganze Stadt darüber redete. Herr Giebel brummte gehorsam zu allem, trank eine Flasche Bier und musterte seine Fleischwurst, an der er viel mehr Interesse als an dem Thema meines Vaters zu haben schien. Meine Mutter, die am Herd stand und das Essen für Sonntag vorbereitete, schaute hin und wieder prüfend zum Tisch herüber und zog manchmal die Augenbrauen hoch, um meinem Vater anzuzeigen, er solle vorsichtig über das Thema reden. Ich saß dabei, aß ebenfalls ein Stück Fleischwurst und hörte aufmerksam zu, wie mein Vater seine Worte wählte, was er sagte und was nicht.

Es klingelte an der Haustür, ich stand auf. Mein Vater sprach weiter, ich lief hinaus, öffnete die Tür und begrüßte meinen Schulkameraden Bülent. Als ich mit Bülent die Küche betrat, unterbrach sich mein Vater und wechselte sofort das Thema. Ich hatte gesehen, wie er kurz zuvor den Eintretenden gemustert hatte.

Ich verließ mit Bülent die Küche, wir gingen nach draußen und streunten durchs Viertel und um die Usa herum, wobei wir natürlich auch an der Mühle vorbeikamen. Wir betraten das Gelände von hinten, von der Flußseite aus, und bahnten uns einen Weg durch das Birkenwäldchen. Das

Werksgrundstück lag völlig still da, es war ein strahlendheller Tag ohne jedes Wölkchen. Das Wetterauer Blau, und wir darunter inmitten der Fachwerktrümmer.

Mann, was für Tapeten, sagte Bülent. Die sind ja uralt.

Ich: Das sind die Reste des Büros. Hier in dem Teil saß Frau Rauch, die Sekretärin. An den ersten Stock kann ich mich nicht mehr erinnern.

Bülent: Hat hier auch wer gewohnt?

Ich: Ich habe keine Ahnung. Wir, glaube ich, nicht. Meine Mutter ist da aufgewachsen, wo der Herr Migot wohnt. Das nächste Haus Richtung Vierundzwanzig Hallen, in der 12. Die hatten die Mühle allerdings mal vermietet.

Bülent: Wann?

Ich: Da war ich noch kleiner. An Türken.

Bülent: Aha.

Ich: Ich habe die Leute nie gesehen. Die Mühle muß damals schon ziemlich Schrott gewesen sein, angeblich ist irgendwer mal fast durch die Decke zwischen erstem Stock und Erdgeschoß gefallen, ich weiß aber nicht mehr, ob das einer von den Türken war oder mein Vater. In der Usavorstadt wohnten, glaube ich, Bulgaren. Nun sind da Jugoslawen.

Bülent: Habt ihr auch ein Haus in der Usavorstadt?

Ich: Ja, das ist das Haus meiner Urgroßmutter. Es wird aber alles von meinem Vater geregelt.

Jetzt hielt ich einen alten Türgriff in der Hand. Er fühlte sich nicht unvertraut an. Bülent blinzelte in die Sonne und stemmte die Arme in die Seiten. Die Stille in der Ruine war wirklich bemerkenswert.

Ich: Manchmal klingelte es früher, und dann kam meine Mutter zu mir und sagte, mach jetzt nicht auf, die Türken aus der Mühle stehen vor der Tür. Die »wollten« dann »irgend etwas«. Meine Mutter hat so getan, als sei niemand zu Hause. Daher habe ich die Leute aus der Mühle nie zu Gesicht bekommen. Dieser Satz hat sich mir eingebrannt: »Mach nicht auf, da stehen Türken vor der Tür.«

Bülent, lachend: Und jetzt läufst du hier mit einem herum.

Ich: Und ich mache dir auch noch eigenhändig die Tür auf!

Wir stiegen durchs Gebälk und versuchten uns vorzustellen, wie es hier noch vor wenigen Jahren ausgesehen hatte.

Am Abend sah ich meinen Vater wieder, er war

mit der Gartenarbeit fertig, saß nun vor dem Fernseher und wartete auf die Nachrichten. Werbung lief, er hatte die *Wetterauer Zeitung* in der Hand. Ich setzte mich zu ihm und fragte, wie lang denn die türkischen Mieter drüben in der Mühle gewohnt hätten.

Das sei nur ganz kurz gewesen, sagte er, ein paar Monate.

Ich: Weißt du noch, wie sie hießen? Oder was aus ihnen geworden ist?

Mein Vater ließ die Zeitung sinken.

Er: Nein, wieso?

Ich: Weil ich vorhin mit Bülent unterwegs war und wir auf das Thema zu sprechen kamen. Vielleicht kannte er sie ja.

Mein Vater: Das glaube ich nicht. Sie konnten fast kein Deutsch. Andere würden freiwillig unter solchen Umständen gar nicht wohnen wollen. Das war nach Auflösung der Firma. Was interessiert ihr euch denn plötzlich dafür?

Ich: Nur so. Keine Angst, ich verplappere mich schon nicht.

Er: Wieso verplappern? Was gibt es denn zu verplappern?

Ich schaute auf meine Fingernägel und lächelte.

Na ja.

Mein Vater lächelte nicht.

Ich: Ist irgend etwas passiert?

Er: Nein. Was soll passiert sein?

Ich: Du nimmst es ja nicht mehr sehr entspannt.

Er: Na, du bist gut! Dich möchte ich sehen! Die wollen uns ruinieren. Eine Million, das mußt du erst mal aufbringen. Eine Million!

Ich: Wenn ihr das Bußgeld zahlen müßt, bezahlt ihr dann auch für den Baggerunternehmer?

Er: Wir können dieses Bußgeld gar nicht zahlen. Wo sollen wir das denn hernehmen?

Ich: Meinst du, es war ein Fehler?

Er: Was?

Ich: Daß ihr es so gemacht habt?

Er: Wie gemacht habt? Was haben wir gemacht?

Ich: Daß ihr den Bagger bestellt habt.

Er: Wieso ein Fehler? Wir hatten eine Frist. Bis dahin mußten wir ja die Auflagen erfüllt haben. Die haben uns doch gar keine andere Möglichkeit gelassen.

Ich: Ihr hättet doch zumindest versuchen können, die Auflagen zu erfüllen.

Er: Die Auflagen zu erfüllen! Du hast es doch gesehen, das Gebäude war völlig baufällig. Kein

Mensch konnte da mehr auf das Dach. Uns blieb ja gar nichts anderes übrig, als es mit einem Gerät zu versuchen. Ich übernehme nicht die Verantwortung für jemanden, der da oben raufgeht und die Pflanzen wegmacht.

Ich: Na ja, das war ja auch nicht unbedingt die Absicht.

Er: Was war nicht die Absicht?

Ich: Die Pflanzen wegzumachen.

Er: Aber genau das wollten die doch. Das war die Auflage. »Das Dach des Gebäudes vom Bewuchs entfernen.«

Ich: Ja, gut. Aber wir wissen doch alle, daß es nicht so war.

In diesem Augenblick begann mit einem Gongschlag die *Tagesschau*, aber mein Vater ließ die Zeitung noch tiefer sinken und schaute mich entgeistert an.

Er fragte langsam: Was – so – nicht – war?

Ich: Ich sage dir doch, ich spreche mit niemandem darüber. Auch mit Bülent nicht. Ich bin ja nicht verrückt, ich weiß selbst, wie gefährlich die Situation ist. Wir sind alle verschwiegen wie ein Grab!

Er, mit Falten auf der Stirn: Verschwiegen wie ein Grab? Was soll das heißen?

Ich lachte etwas hilflos. Ich begriff die Reaktion meines Vaters nicht.

Ich: Aber wir haben den Bagger doch geholt, um die Mühle abzureißen.

Mein Vater starrte ins Leere.

Er: Wie kommst du denn darauf?

Jetzt verschluckte ich mich.

Er: Ich weiß nicht, welche Spinner dir gegenüber so etwas behaupten. Glaub nur nicht deinen linken Freunden da draußen, und laß dir bloß nichts einreden. Die glauben ja alles, was in der Zeitung steht. Und wir sind die Bösen.

Er nahm die Zeitung wieder auf, ohne in den Fernseher zu schauen.

Ich: Aber der Bagger hat doch die Mühle …

Er: Weil der Baggerführer das Dach beschädigt hat und das Gebäude dann vom Einsturz bedroht war. Er konnte das Gebäude so nicht mehr sichern, er konnte nur noch verhindern, daß jemand in Mitleidenschaft gezogen wird. Stell dir mal vor, es hätte sich anschließend jemand illegal dort drüben aufgehalten und eine Wand oder ein Teil des Daches wäre auf ihn gestürzt! Dafür hätten wir haften müssen! Ich weiß einfach nicht, was man euch da einredet!

Ich kannte meinen Vater seit meiner Geburt

und hatte ihn in den verschiedensten Situationen erlebt. Manchmal war er von mir überlastet, hin und wieder hatte er mich geohrfeigt, oftmals hatte er versucht, herzlich zu sein, was stets in eine gewisse Fremdheit umschlug. Aber bislang war ich nie auf den Gedanken gekommen, an seinen Worten zu zweifeln. Wenn er über etwas nicht reden wollte, hatte er das Thema früher immer mit den Worten beendet: »Das geht dich nichts an.« Oder: »Davon verstehst du noch nichts.« Oder: »Das ist jetzt zu schwierig.« Es hatte immer einige Dinge gegeben, die mich »nichts angingen«, von denen ich »nichts verstand« oder die »zu schwierig« waren. Aber wenn er etwas sagte, hatte ich immer gedacht, es sei die lautere Wahrheit. Wieso sollte er sich mir gegenüber verstellen?

Ich hatte mich seit dem Geschehen völlig automatisch an das familiäre Gesetz des Schweigens andern gegenüber gehalten, man hatte es mir nicht einmal erklären müssen. Ich hatte keinerlei Unterweisung gebraucht, sondern war alt genug, es von mir selbst aus zu entwickeln. Insofern hatte ich die Einheit der Familie bislang immer vorausgesetzt, also daß wir in einer Art Bündnis oder Seilschaft agierten, egal wie fremd oder unsympathisch wir uns gegenseitig waren. Auch mein Bruder bewahrte in dieser Angelegenheit Schweigen und unterwarf sich aus freien Stücken dieser Verfahrensweise.

Nun aber war es so, als löste sich von meinem Vater, wie er da saß, eine Schablone ab. Diese Schablone, die ihm, den ich seit einer Ewigkeit, nämlich seit dem Beginn meines Lebens, kannte, zum Verwechseln ähnlich war, saß fast am gleichen Platz wie mein Vater, nur um einen winzigen Abstand verschoben, nicht mehr ganz deckungsgleich mit ihm. Es schien jetzt diese Erscheinung zu sprechen. Sie sprach von Bewuchs, von Auflagen, wie vor Gericht. Eine Art Doppelgänger, optisch meinem Vater vollkommen gleich, aber zu einem völlig anderen Zweck geschaffen. Ein Avatar. Oder umgekehrt: Mein Vater sprach zu mir, als sei ich nicht ich, sondern selbst ein Avatar, etwas, bei dem er plötzlich meinte auf Distanz gehen zu müssen.

Ich: Du hast … du hast also … äh … ich meine …

Ich stand auf und verließ den Raum.

Mein Vater zeigte keinerlei Reaktion, als ich hinausging.

Ein paar Minuten später stand ich bei meiner Mutter in der Küche. Ich erzählte ihr von der Konversation im Wohnzimmer und erklärte, ich könne überhaupt nicht verstehen, was mein Vater eben im Wohnzimmer geredet habe. Mir sei es ja übrigens auch egal, aber … wir haben, sagte ich, damals alle gemeinsam am Fenster gestanden. Liege das jetzt an dem Prozeß, daß er … selbst jetzt sogar mir gegenüber … also … daß er so seltsam redet?

Meine Mutter reagierte ganz und gar eigenartig. Sie schaute stumm vor sich hin, gab keine Antwort und fuhr damit fort, den Abwasch zu machen. Im Grunde reagierte sie, als hätte sie meine Anwesenheit in der Küche gar nicht registriert. Als wäre ihr das Faktum meiner Anwesenheit aus rätselhaften Gründen gar nicht erst zu Bewußtsein gekommen.

Ich verließ die Küche.

3

Jahrelang stand die Familie im Bann des Grundstücks im Mühlweg. Es bestimmte unser Dasein, unser öffentliches Auftreten, unsere Rolle in der Stadt. Mir kam es damals vor, als hätten der Ururgroßvater, der Urgroßvater und der Großvater mit diesem Terrain einen bösen Geist durch die Zeit getragen, der zuerst die Erben entzweit hatte, jetzt zur Maskerade zwang und uns dabei die Zunge herausstreckte.

Die Familie zerstreute sich. Mein Bruder ging nach Berlin und verließ das verwunschene Gebiet. Er hatte mit achtzehn Jahren, gerade volljährig (die Mühle hatte noch gestanden), als Pionier auf seinem Gebiet eine Softwarefirma gegründet, mit Firmensitz im Hobbyraum unseres Kellers im Mühlweg. Die Firma holte er nach Berlin, sie wurde immer größer, später zog er für einige Jahre ins Ausland.

Meine Schwester machte ihren Realschulabschluß und versuchte sich eine Weile in der Oberstufe, gab aber im Verlauf des elften Schuljahrs diesen Versuch wieder auf. Anschließend besuchte sie eine Sprachenschule in Frankfurt am Main und pendelte täglich hin und her. Auf dem Heimweg nach Friedberg traf sie eines Tages auf einer Wartebank im Frankfurter Hauptbahnhof auf einen amerikanischen Studenten, der mit Rucksack und Fahrrad auf großer Europatour unterwegs war. Schon als Kind hatte sie immer von den USA geträumt. Als Jugendliche hatte sie stets Kontakt zu den in Friedberg stationierten GIs gehabt. Mit dem Studenten vom Frankfurter Hauptbahnhof sollten sich endlich ihre Träume von den USA erfüllen. Sie heirateten, und nachdem die beiden eine Weile in der Usavorstadt gewohnt hatten (meine Eltern hatten ihnen im Haus der Urgroßmutter eine Wohnung renoviert und neu eingerichtet), emigrierten sie mit dem ersten Kind in die USA.

Ich lebte zu der Zeit meistens bei einer älteren Freundin auf dem Land, die eine WG hatte. Morgens trampte ich von dort zur Schule.

Meine Mutter fühlte sich verlassen, lag immer öfter in ihrem Hausmantel im Bett und hatte Herzprobleme. Oder sie telefonierte mit ihrer Freundin Lise in Mörfelden und klagte ihr Leid, ebenfalls vom Bett aus und im Hausmantel.

Manchmal, wenn ich im Mühlweg war und

sie im Bett lag, rief sie mich und sagte, Andi, bitte bring mir Mineralwasser! Sie lag in einem verdunkelten Raum und dämmerte vor sich hin.

Wenn ich ihr das Mineralwasser brachte, fragte sie: Was haben wir nur falsch gemacht? Immer nur haben wir das Beste gewollt. Alle haben uns den Rücken gekehrt und sind fort. Der – (mein Bruder) ruft nur an, wenn er mit seinem Vater geschäftliche Dinge bespricht. Er besucht uns nicht einmal. Kommt zu Weihnachten nicht. Und die – (meine Schwester) ruft nur an, wenn sie Geld will, weil bei ihnen alles schiefläuft. Wie kann man nur so dumm sein, nach Amerika zu gehen. Sie sind selbst dran schuld. Die – ist ja sowieso immer anders gewesen, schon als Kind. Von euch dreien war sie die schwierigste Geburt. Bereits im Mutterleib hat sie Probleme gehabt. Deshalb ist sie später so seltsam geworden.

Ich: Das ist doch Unsinn!

Sie: Aber an irgend etwas muß es doch liegen, daß ihr so geworden seid! Du bist siebzehn Jahre alt und kaum noch zu Hause. Das ist doch nicht normal. Gib mir noch einen Schluck Mineralwasser, ich habe so Sodbrennen. Mir geht es nicht gut. Und mach bitte den Fernseher an. Dann muß ich nicht aufstehen.

Manchmal kam ihre Freundin Lise aus Mörfelden zu Besuch, dann pflegte Lise zu sagen (sie war mit meiner Mutter auf dem Internat gewesen), sie solle sich ermannen, ihre Kinder hätten sich selbständig zu diesen Erfahrungen entschieden, dann müßten sie diese Erfahrung auch machen. Die Kinder müßten irgendwann ins Leben hinaus.

Für die Strecke von der Rubinschen Gartenhütte im Osten bis zum Ende unseres Grundstücks im Westen, vorbei an unserem Haus, den Mühlenfragmenten und dem alten Firmentor, brauchte man zu Fuß etwa drei Minuten. Wenn ich mittags durch den Mühlweg lief, machte ich mir jedesmal klar, daß die einzige Person, die sich auf dem riesigen Terrain befand, meine Mutter war, die gerade vermutlich wieder in ihrem Bett lag. Ich glaubte stets, für meinen Ururgroßvater mußte das Grundstück irgendwann im neunzehnten Jahrhundert ein Schnäppchen gewesen sein. Er, der Erstbesiedler, und Generationen später kommt es zur Ehe zwischen der Erbin und dem Rechtsanwalt, und die Konsequenz ist das große Haus, in dem die Mutter dann allein herumliegt, umgeben von dem Grundstück als riesigem Sperrgebiet für die Umwelt.

Die Phase völliger Frustration schien zu enden, als nach einem Jahr, vielleicht waren es auch eineinhalb Jahre, meine Schwester zurückkam, augenscheinlich entmutigt, entkräftet und desillusioniert. Sie hatte ihre »Erfahrung« gemacht, wie es Lise aus Mörfelden ausgedrückt hatte. Von Amerika aus hatten sie am Telefon um Geld für den Rückflug gebeten. Sie waren jetzt zu viert, denn das Ehepaar hatte ein zweites Kind bekommen. Die Wohnung in der Usavorstadt wurde wieder bezogen.

Meine Schwester verhielt sich nach ihrer Rückkehr allerdings anders als früher. Sie gewöhnte sich laut meiner Mutter jetzt an, schon morgens in aller Frühe im Mühlweg anzurufen und für meine Eltern einen Tagesplan aufzustellen. Konkret bedeutete das: Sie hatte vormittags angeblich immer einen Termin, etwas, was sie zu erledigen hatte, und brachte deshalb gegen acht Uhr die beiden Kinder bei meiner Mutter vorbei, um sie für eine Weile bei ihr zu lassen. Anschließend erschien sie meiner Mutter zufolge dann aber nie zum verabredeten Zeitpunkt, sondern meldete sich regelmäßig erst zur Abendessenszeit wieder. Regelmäßiger Streit sei die Folge gewesen.

Ich studiere inzwischen, sitze morgens mit einer Kaffeetasse in der Hand in Frankfurt am Schreibtisch, übersetze Caesar oder Sallust, und meine Mutter ruft an. Sie klingt aufgewühlt. Ich frage, was denn sei.

Sie: Sie hat die Kinder schon wieder gebracht!

Ich: Wenn du es doch auch nicht ablehnst, warum soll sie sie dann nicht bringen?

Sie: Ich habe ihr heute morgen am Telefon gesagt, daß ich das nicht akzeptiere. Ich habe ganz klar und deutlich nein gesagt. Dennoch stand sie um halb acht mit den Kindern vor der Tür und hat sie einfach dort stehenlassen. Ich komme mir vor wie Dienstleistungspersonal!

Oder meine Mutter ruft an und sagt: Ich habe ihr heute ganz deutlich gesagt, daß ich einen Friseurtermin habe und daß ich definitiv um halb zehn nach Bad Nauheim muß.

Ich: Und, hast du einen Friseurtermin?

Sie: Nein. Aber was soll ich denn tun? Sonst nutzt sie mich ja vollkommen aus!

Ich: Du sollst zumindest nicht lügen. Wenn du nicht willst, dann sag einfach, daß du nicht willst.

An Weihnachten sitzt die ganze Familie zusammen. Das ältere Kind, das kaum die ersten Wörter sprechen kann, läuft meiner Großmutter, meinem Onkel J. und mir nach und fragt uns immerfort: Liebst du mich? Liebst du mich? Vor allem meine Eltern werden ständig gefragt: Liebst du mich? Liebst du mich? Der gesamte Sprachschatz dieses Kindes scheint aus dem Wort »Liebst du mich« zu bestehen. Offenbar führen sie in der Familie meiner Schwester ständig Liebst-du-mich-Diskurse. Es hörte sich nach dem amerikanischen Wort *love* an. In einer Dauerschleife sagt meine Schwester zu dem Kind, daß sie es liebe, das Kind fragt zurück, ob sie es liebe, meine Schwester sagt, sie liebe es, und das Kind sagt, es liebe sie auch.

Dann passiert etwas vollkommen Unerwartetes. Erstaunlich ist das Geschehen schon deshalb, weil einfach niemand auf die Idee gekommen war, etwas Derartiges könnte je geschehen. Ich erfahre es per Telefon. Meine Schwester und ihr Mann sollen von einem auf den anderen Tag die Wohnungseinrichtung in der Usavorstadt verkauft haben, obgleich sie ihnen nicht gehörte, und sich von dem Geld Flugtickets besorgt haben, um in die USA zurückzufliegen. Meine Eltern stehen da wie Darsteller in einem Vaudeville-Stück, die gerade

Sahnetorten ins Gesicht geworfen bekommen haben.

Ich sitze wieder mit der Kaffeetasse am Schreibtisch, lerne den Vergil-Wortschatz für die Zwischenprüfung, und meine Mutter ruft an.

Am Tag der Abreise betreten die Eltern zum ersten Mal seit längerem die Wohnung meiner Schwester. Mein Vater macht Fotos, als handle es sich um einen Tatort. Vornehmliches Fotomotiv: ein großer Wäscheberg. Der Wäscheberg erhebt sich inmitten eines völlig leer geräumten Zimmers. Er sieht aus wie eine Kunstinstallation. Ansonsten liegen nur ein paar *Pizza Hut*-Schachteln rum. Das waren ja Nomaden! rufen meine Eltern, als sie die Wohnung sehen. Was hat nur dieses Amerika aus ihnen gemacht! Was ist nur aus unserer Familie geworden!

Meine Mutter begibt sich wieder ins Bett und intensiviert die Telefonate mit Lise aus Mörfelden.

Meine Mutter intensivierte auch ihre Frühstückstafeln mit Frau Eiler, unserer jugoslawischen Putzfrau von gegenüber, mit Bier, Sliwowitz, Paprikawurst, Zwiebeln. Alles in allem schien aber – gegen jede Erwartung – durch das erneute amerikanische Unglück die erste ruhige Zeit seit langem für meine Eltern zu beginnen. Abends gingen sie zum Italiener oder ins Restaurant Europa Grill an der Stadtkirche, oder sie unternahmen wie früher einen Stadtbummel und schlenderten an den Schaufenstern auf der Kaiserstraße entlang. Meine Mutter hatte endlich wieder Gelegenheit, sich in ihr Bücherzimmer zurückzuziehen und kosmologische Dinge zu exzerpieren, mein Vater fuhr zwei-, dreimal die Woche zum Tennisspielen nach Rosbach. Vor Gericht erstritt er zusehends geringere Strafsummen für das Mühlendebakel und hatte neben seiner Arbeit als Abteilungsleiter bei der Henninger Bräu AG einen reichen Bad Homburger als Klienten bekommen, der ihm einiges an Geld in die Kasse spülte. In diese Zeit fiel auch die Reise nach Gedern zu unserer inzwischen schwerbeschädigten Gartenhilfe Herrn Giebel.

Die Wohnung in der Usavorstadt blieb leer. Wenn meine Eltern in ihre Ferienwohnung nach Italien fuhren, was dreimal im Jahr geschah, ging ich für einige Wochen in mein altes Elternhaus zurück, machte die Post für meinen Vater, nahm Anrufe entgegen, leitete Terminsachen weiter, verschickte Faxe, wässerte im Sommer stundenlang den Garten, die Rhododendren, Azaleen, schnitt

Rosen, mähte, kehrte im Herbst das Laub zusammen und so weiter. Oder ich holte den familieneigenen Diaprojektor hervor und visualisierte mir die Vergangenheit meiner Eltern, ihre Internatszeit, ihre zwei Semester in Innsbruck, die Hochzeit, die Reisen, die erste Wohnung und schließlich die Frühzeit des Hauses im Mühlweg, als es noch ohne Zaun und unabgegrenzt in der Landschaft stand. Die Zeit der Grube, des Zeltes und der Fackeln. Die Epoche meiner Urbilder. Als das Gelände für mich noch geradezu universale Ausmaße gehabt hatte und nachts bei klarem Himmel immer die Milchstraße sichtbar war. Damals war für mich, den Dreijährigen, alles in Ordnung und die Welt noch heil gewesen. Auf diesen Fotos war auch noch mein Onkel Heinz zu sehen. Ältere Bilder des Grundstücks gab es nicht.

Nach einer Weile kommt es wieder zu Telefonanrufen aus den USA. Meine Mutter spricht Sätze in den Hörer wie: Nein, du mußt selbst sehen, wie du damit zurechtkommst; das ist deine Entscheidung; wir sind für überhaupt nichts verantwortlich; das ist vorbei. Sie ist nach jedem Anruf empört. Was bildet sie sich ein, sollen wir ihr ein Leben lang hinterherräumen? Wir haben sie viel zu lange unterstützt! Wir hätten unseren Eltern mal so auf der Nase herumtanzen sollen!

Im Mühlweg erlebe ich bei einem meiner Besuche mit, wie der Telefonapparat im Büro meines Vaters klingelt, er abhebt, meine Mutter im Türrahmen stehenbleibt, das Gespräch verfolgt, flüsternd meinen Vater fragt: »Ist sie es wieder?«, er seine Hand auf die Muschel legt und zurückflüstert: »Ja.«

Meistens redet meine Schwester zu dieser Zeit mit meinem Vater. Die Anrufe, soweit ich es mitbekomme, haben ziemlich plötzlich eingesetzt und schon nach kurzer Weile eine gewisse Häufigkeit erreicht.

Mein Vater ist moderat, ausgleichend und sagt, wenn eine Lösung gefunden werden muß, dann müsse sie gefunden werden, da könne man nicht starrköpfig sein. Meine Mutter entgegnet, das komme gar nicht in Frage. Daß die einfach die Möbel verkauft hätten, sei für sie der Schlußpunkt.

Nach einigen Wochen wechselt der Inhalt der Anrufe. Meine Mutter hat jetzt ein rotes Gesicht. Das ist doch unmöglich! ruft sie. Nie im Leben! ruft sie. Mein Vater starrt hilflos vor sich hin.

Meine Mutter: Sie kommt hier nicht mehr zurück. Die haben doch hier gar keine Wohnung mehr! Wollen die hier einfach einziehen? Was hat denn diese Person für eine Vorstellung? Das geht doch dann alles so weiter wie vorher! Dann verwüsten sie noch mal alles und hauen anschließend wieder ab. Sie kriegt ja inzwischen auch ein Kind nach dem anderen! Keine soziale Sicherheit, einen Buben als Mann, und sie produziert auch noch dauernd Nachwuchs! Das ist völlig unverantwortlich. So reich sind wir auch nicht.

Mein Vater soll nach den Telefonaten mit meiner Schwester in etwa so angegriffen gewesen sein wie nach den früheren Besuchen bei Onkel Heinz. Sofortige Migräneattacken konnten die Folge sein, zumal meine Schwester auch zu Nachtzeiten anrief. Ich saß wie immer in Frankfurt, lernte und bekam Telefonanrufe meiner Mutter.

So war ich auch an dem Tag nicht zugegen, der weitere einschneidende Veränderungen mit sich brachte. Mir kam es so vor, als würde am Folgetag, als ich davon erfuhr, mein Telefon besonders empört klingeln. Es war neun Uhr morgens (um diese Zeit pflegte meine Mutter meistens anzurufen, denn dann war ihr Mann zur Arbeit aufgebrochen, und sie hatte sich wieder ins Bett gelegt).

Ich: Na, was ist?

Sie: Du kannst dir nicht vorstellen, was passiert ist!

Ich: Es kam wieder ein Anruf?

Sie: Sie hat angekündigt, daß sie nach Deutschland kommen werde. Wir haben ihr klipp und klar gesagt, daß sie sich eine eigene Wohnung suchen muß.

Ich: Ja, und? Das weiß ich doch.

Sie: Weißt du, was passiert ist?

Ich: Nein, woher denn?

Sie: Sie rief gestern nachmittag von einer Telefonzelle aus an. Am Frankfurter Flughafen.

Ich: Oh.

Sie: Sie ist einfach nach Deutschland geflogen.

Ich: Mit Familie?

Sie: Ja. Mit allen. Alle drei Kinder und ihr Mann auch mit. Alle.

Ich: Und, was wollte sie?

Sie: Was sie wollte? Sie wollte abgeholt werden! Sie wollte vom Flughafen abgeholt werden!

Ich: Und?

Sie: Nix, wir haben ihr ausgeredet, herzukommen! Du kommst hier nicht her, haben wir gesagt. Was meinst du, wie wir gezittert haben. Das ist doch ein böser Geist, der sie besessen hält!

Ich, lachend: Ist sie dann etwa wieder zurück in die USA geflogen?

Sie: Sie hat sich in ein Taxi gesetzt und ist in den Mühlweg gefahren! Dein Vater sitzt im Büro, schaut die Einfahrt entlang, und da erscheinen sie plötzlich vor dem Eingangstor, winken, machen es auf und stehen vor der Haustür! »Hallo, da sind wir!« sagt sie. Mit Sack und Pack und Kindern. »Hallo, da sind wir!« Einfach so. Kannst du dir das vorstellen?

Ich: Na ja, ich kann mir inzwischen ziemlich viel vorstellen. Und was habt ihr gemacht?

Sie: Sollen wir uns etwa erpressen lassen? Ich weiß genau, was sie vorhat. Sie will uns ihren Willen aufzwingen. Aber nicht mit uns! Dein Vater und ich sind uns da völlig einig. So ein Verhalten habe ich überhaupt noch nicht erlebt!

Ich: Haben sie dann im Mühlweg übernachtet?

Meine Mutter atmete schwer am anderen Leitungsende.

Sie: Ach Andi, daß wir so etwas erleben müssen! Was haben wir bloß falsch gemacht? Wegen was sind wir so gestraft?

Ich: Übrigens ist die Wohnung in der Usavorstadt ja frei.

Sie: Da gehen sie nicht hin! Niemals! Nur über

meine Leiche! Nie mehr wohnen die in einer unserer Immobilien! Das wäre ja noch schöner, uns auf der Nase herumzutanzen.

Ich: Und wo sind sie jetzt?

Sie: Die Kinder sind hier, und ihr Mann ist … ist …

Ich: Ja, ich weiß, du mußt es nicht sagen. Ihr Mann ist mit meinem Vater zur Usavorstadt gefahren, um sich einen Überblick zu verschaffen. Und wo ist meine Schwester?

Sie: Weg. Bei einer Freundin. Glaube ich.

So wurde das alte Leben wiederaufgenommen, mit dem Unterschied, daß meine Schwester inzwischen drei Kinder hatte und damit ein deutliches Argument gegen die Wohnung in der Usavorstadt vorlag, denn diese wurde ja von Kind zu Kind ungenügender. Der Mann fand eine Stelle in einer Schreinerei, und es soll sich jetzt auch ergeben haben, daß die Kinder meiner Schwester und diese selbst regelmäßig im Mühlweg zu Mittag aßen. Am Anfang erschienen sie laut meiner Mutter noch unangemeldet. Es klingelt, die Mutter öffnet, und meine Schwester steht mit den Kindern vor der Tür. Meine Mutter, stelle ich mir vor, trägt gerade ihre Kittelschürze. Was ist denn los, sagt sie, was wollt ihr denn hier? Ich habe überhaupt keine Zeit, um zwölf Uhr kommt die Frau Eiler, das Haus muß geputzt werden!

Die Kinder laufen wortlos an ihr vorbei in die Küche und setzen sich dort hin. Meine Schwester geht ebenfalls in die Küche. Jetzt sitzen alle vier in der Küche, das ein oder andere Kind läßt seine Beine baumeln, während es auf dem Stuhl sitzt, so wie es auch meine Schwester in ihrer Kindheit getan hatte, wobei sie dann hin und wieder krachend gegen den Frühstückstisch getreten hatte, so daß alles auf dem Tisch klirrte. Jetzt sitzen die Kinder meiner Schwester auf dieselbe Weise in der Küche, anscheinend teilnahmslos, aber mit einer den ganzen Raum durchziehenden Erwartungshaltung.

Also wißt ihr, sagt meine Mutter und stemmt ihre Arme in die Seiten.

Keine Reaktion.

Du liebst uns nicht, sagt das älteste Kind.

Sei still, sagt meine Schwester.

Das Kind: Du hast selbst gesagt, daß sie uns nicht liebt.

Das mittlere Kind schmeißt jetzt die Zuckerdose vom Küchentisch, meine Mutter macht *Herrje!*, bückt sich unter die Spüle zum Spülschrank, holt Schippe und Besen hervor und bereinigt das Malheur. Meine Schwester steht währenddessen auf und geht ins Wohnzimmer. Dort schaltet sie den Fernseher ein und setzt sich auf die Couch, es ist jetzt Viertel vor zwölf.

Meine Mutter, male ich mir aus, hat unterdessen einige Töpfe oder Pfannen aufgesetzt, je nachdem, was sie im Kühlschrank hat. Als die Kartoffeln auf dem Herd stehen, geht sie ins Büro und ruft Frau Eiler an. Meine Mutter verschiebt den Termin auf den nächsten Tag.

Die Kinder meiner Schwester haben sich inzwischen verselbständigt und sind ebenfalls ins Wohnzimmer gegangen. Alle schauen jetzt in den Fernseher. Es läuft ein amerikanischer Film oder eine amerikanische Serie. In der Küche deckt meine Mutter derweil den Tisch.

Dann steht das Essen auf dem Tisch, und meine Mutter geht ins Wohnzimmer und sagt, das Essen sei fertig.

Niemand zeigt eine Reaktion. Nur das älteste Kind schaut meine Mutter fast erstaunt an, mit einem gewissen Widerwillen im Gesicht, den es immer zeigt, wenn es beim Fernsehen gestört wird. Meine Mutter wischt sich ihre Hände an der Kittelschürze ab, geht in die Küche zurück und sagt: Ach macht doch, was ihr wollt. Aber morgen kommt die Frau Eiler, da geht das hier nicht.

In der Küche räumt sie das Kochgeschirr in die Maschine, wischt sich noch einmal die Hände an der Kittelschürze ab und verläßt dann das Erdgeschoß Richtung Keller, um zu bügeln.

Im Wohnzimmer läßt sich irgendwann das erste Kind von der Couch gleiten, später ein zweites, und eine Weile später ergibt sich meiner Vorstellung nach folgendes Tableau: Einige der Familienmitglieder sitzen am Küchentisch, einige haben sich Teller genommen, Essen darauf gepackt und sind damit ins Wohnzimmer zurück, um weiter den amerikanischen Film oder die amerikanische Serie zu schauen.

Nach der Sendung und nachdem alle gegessen haben, rufen sie meine Mutter aus dem Keller, damit sie die Familie in das dreihundert Meter entfernte Haus in die Usavorstadt fährt. Alle steigen ins Auto. In der Küche steht das benutzte Geschirr auf dem Tisch, im Wohnzimmer stapelt es sich auf der Couch, vielleicht liegt ein Messer auf dem Boden, vielleicht eine halbe Kartoffel. Der Fernseher läuft weiter, inzwischen werden die Dreizehnuhrnachrichten gesendet.

Im Jahr 1993 stirbt meine Großmutter. Sie hatte am Ende allein mit ihrem Sohn, meinem Onkel J., in der Uhlandstraße gelebt. Allen Beteiligten ist klar, daß J. nicht wird im Haus wohnen bleiben können. Zumal es inzwischen meine Mutter besitzt, denn sie hat es geerbt. Es kommt zur Rochade: Onkel J. soll in die Usavorstadt und meine Schwester mit Familie ins Haus in die Uhlandstraße ziehen.

Ich sitze in Frankfurt am Schreibtisch, und meine Mutter ruft an. Ich höre schon am Klingeln, daß wieder etwas geschehen ist.

Meine Mutter: Sie ist zwar in die Uhlandstraße eingezogen, aber ich habe den Mietvertrag noch nicht unterschrieben, und ich werde ihn auch nicht unterschreiben! Dieses Haus gehört mir, es ist mein Eigentum, ich habe darüber zu entscheiden, ich allein.

Ich: Was ist denn jetzt schon wieder passiert? Ihr wolltet doch, daß die Familie meiner Schwester in die Uhlandstraße zieht.

Sie: Ja, die Familie. Natürlich haben wir gedacht, es würde eine Hilfe sein. Aber jetzt hat sie uns zum letzten Mal hinters Licht geführt. Das wird mir eine Lehre sein. Ich unterschreibe gar nichts, auch wenn dein Vater das so will. Das ist mein Haus und nicht seins.

Ich: Sie ist doch nicht etwa wieder weggeflogen?

Sie: Nein! Sie ist eingezogen, aber weißt du, was im selben Moment passiert ist? Im selben Moment, als sie den Haustürschlüssel in der Hand hat? (Aber der Mietvertrag ist von mir noch nicht unterschrieben!)

Ich: Was?

Sie: Im selben Moment haben sie sich getrennt. Ihr Mann ist nicht mit eingezogen. Das war ein Plan. Das war Absicht! Das Haus haben wir ihnen gegeben, um ihre Ehebeziehung zu verbessern. Du weißt ja, daß sie sich nicht mehr so gut verstanden haben. Das war die klare Absprache: Die ganze Familie sollte in das Haus ziehen. Jetzt ist sie allein in dem Haus. So ist das! Aber ab jetzt werden andere Saiten aufgezogen. Hier gebe ich nicht nach.

Meine Schwester lebt dann einige Jahre im Haus der Großmutter, angeblich auf Matratzen und mit spärlichstem Mobiliar, und verläßt es dann wieder. Das Haus wird anschließend saniert.

Ich höre nun jahrelang so gut wie nichts mehr von meiner Schwester. Sie ist in verschiedenen Ländern, bekommt drei oder vier weitere Kinder, möglicherweise ist sie zeitweilig auch wieder in den USA. Inwiefern Kontakt zu Deutschland besteht, weiß ich nicht. Meine Eltern haben aufgehört, davon zu erzählen. Ich ziehe von Frankfurt nach Bad Nauheim in das Haus meiner Großmutter und räume die alten Möbel, die vor dem Einzug meiner Schwester ausgelagert worden waren, an ihren ursprünglichen Platz zurück.

Wieder Urlaub, wieder Mühlweg, wieder Postarbeit. Über das Faxgerät kommt ein Vertrag herein. Offenbar hat mein Vater überraschend ein Haus in einem anderen Stadtteil Bad Nauheims gekauft. Ich rufe ihn an und frage, ob ich darauf irgendwie reagieren solle. Ob das überhaupt stimme.

Ja, sagt er, das stimme, er habe ein Haus gekauft.

Wieso denn das? (Ich kam in diesem Moment selbst nicht auf die Idee.)

Er: Für die –. Sie will nach Deutschland zurück, diesmal endgültig. Sie ist nicht ganz gesund. Und die Kinder müssen endlich in ordentliche Bahnen kommen. Das älteste muß wenigstens noch seinen Schulabschluß hinkriegen. Wir haben ihnen bereits Schulplätze besorgt, gottseidank hat das noch für das laufende Schuljahr geklappt. Und sie hat Stein und Bein geschworen, den ganzen Unsinn jetzt sein zu lassen.

Ich: Wann treffen sie ein?

Er: In den nächsten Tagen.

Ich: Das heißt, ihr kommt vorzeitig aus dem Urlaub zurück?

Er: Nein. Wir haben das Haus gekauft, aber um alles andere muß sie sich kümmern. Sie ist ja auch liiert, das heißt, es ist ein Mann dabei. Mir scheint er ganz vernünftig zu sein.

Ich: Und die Schlüsselübergabe? Mache ich die?

Er: Nein, die macht der Makler.

Tagelang höre ich nichts. Dann klingelt das Telefon. Es klingelt so laut wie nie zuvor. Es fällt fast vom Schreibtisch. Meine Mutter ruft aus dem Urlaub an.

Sie: Andi, wir kommen morgen zurück.

Ich: Hat meine Schwester darum gebeten?

Sie: Deine Schwester wird uns nie mehr um etwas bitten.

Ich: Sie ist doch nicht etwa verstorben?

Sie: Nein.

Ich: Was ist diesmal geschehen?

Sie: Sie ist fortgegangen. Sie ist wieder ins Ausland gegangen.

Ich: Bitte?

Sie: Sie ist einfach weg.

Ich: Weg? Sie ist doch gerade erst vor einer Woche angekommen.

Sie: Andi! Sie ist weggeflogen und hat ihre drei ältesten Kinder zurückgelassen!

Ich: Was heißt zurückgelassen? Sie sind doch noch gar nicht volljährig.

Sie: Das Asozialste, was ich jemals gehört habe.

Ich: Woher weißt du das? Sie hat dich doch nicht etwa angerufen, um dir das mitzuteilen?

Sie: Nein. Wir hätten es gar nicht erfahren. Aber Lise und ihr Mann haben sie vorhin in der S-Bahn getroffen. Da war sie auf dem Weg zum Flughafen.

Ich: Wie habe ich mir diese Begegnung vorzustellen?

Sie: Sie hat ihr voller Stolz erzählt, sie seien gerade auf dem Weg nach Schweden, dort wollten sie in einem Blockhaus leben, mitten auf dem Land, und Vieh züchten. Sie wollten Bauern werden!

Ich: Und die Kinder?

Sie: Laut Lise hatte die – nur die kleinen Kinder bei sich. Die drei ältesten, die Lise kennt, hat sie nicht gesehen.

Ich: Das kann vieles bedeuten.

Sie: Meinst du, Lise lügt mich an? Am Ende sollen wir uns noch um die Kinder kümmern!

Ich: Wußte denn Lise von dem Haus, das ihr gekauft habt, und daß sie dort einziehen sollten?

Sie: Natürlich nicht, ich muß doch Lise nicht alles erzählen. Jetzt habe ich es ihr natürlich gesagt.

Ich: Also, ich glaube das alles nicht.

Sie: Wir kommen heim. Lise meint, wenn sie die Kinder zurückläßt, müssen wir zur Polizei gehen. Oder zum Jugendamt. Das kannst du nicht mehr intern machen, sagt sie.

Ich: Auf bloßen Verdacht?

Sie: Was soll ich meinen? Was würdest du dazu sagen? Das ist kriminell. Zumindest ist es so, daß es so nicht weitergehen kann. Aber es konnte ja schon fünfzehn Jahre so nicht weitergehen. Es ist aber immer so weitergegangen. Die Lise hat mich ja auch immer wieder ins Gebet genommen.

Meine Eltern gingen anschließend nicht zur Polizei und zum Jugendamt, aber das kommunizierten sie nicht mehr. In der Folgezeit sah ich sie hin und wieder mit einigen Kindern im Auto. Es war morgens, vielleicht brachten sie sie zur Schule.

Meine Eltern telefonierten jetzt nur noch selten mit mir. Von den Geschehnissen um meine Schwester erzählten sie gar nichts mehr. Ich sah die Eltern höchstens noch ein-, zweimal im Jahr in irgendeinem Restaurant. Besuche im Mühlweg wurden jedesmal kurzfristig verschoben. Wenn Lise anrief, wiegelte meine Mutter ab. Sie sagte jetzt, Lise gehe das überhaupt nichts an, sie solle ihre Nase woanders hineinstecken, sie brauche keine Ratschläge. Verabredungen mit ihr ging sie komplett aus dem Weg. Irgendwann wurde in der Stadt erzählt, die Familie meiner Schwester lebe inzwischen komplett von unseren Eltern. Meine Mutter behauptete währenddessen, schon seit Jahren nichts mehr von ihnen gehört zu haben. Sie wisse überhaupt nicht, wo sie seien.

Alles wurde in Schweigen gehüllt. Auch meine Mutter hatte sich in ihren eigenen Avatar verwandelt.

4

Ich fragte mich lange Zeit, wie die Geschichte aus der Perspektive meines Onkels Heinz ausgesehen haben mußte. Er war, wie ich, das jüngste der Geschwister und dürfte am wenigsten gewußt haben.

Was mir an Onkel Heinz immer auffiel: Er sah den Menschen, die ich von den Fotos auf dem Schreibtisch meines Großvaters in der Uhlandstraße kannte, ähnlicher als andere Familienmitglieder. Er sah aus wie ein typischer Boll. Anfänglich von härteren Gesichtszügen als Onkel J., später fast feminin. Aber die Bolls sahen immer ziemlich feminin aus. Weiche, wächserne Gesichter, schlanke Hände, lange Finger.

Kindheit und Jugend meines Onkels liegen für mich völlig im dunkeln. Ich stellte ihn mir immer als den Unbelasteten vor, das Nesthäkchen, später als die anderen geboren und mit dem am wenigsten problematischen Leben der drei Geschwister. Wenn ich mir ihn als Schüler ausmalte, so sah ich jemanden vor mir, der keine Schwierigkeiten hatte und gut in der Schule war. Ordentlich und unspektakulär, korrekt gekleidet, sicherlich mit einem ›normalen‹ Kontakt zu Mädchen, umgeben von einer nicht großen, aber doch schätzenswerten Freundesschar. Ich habe nie von Krankheiten gehört, die er gehabt, nie von Verdruß, den er bereitet hätte.

Seine Schwester bezeichnete ihn oft als Lieblingsbruder. Was angesichts des anderen Bruders J. leicht erklärlich ist. Sie sagte, früher hätte sie beide keine Macht auf der Welt auseinandergebracht. Heinz muß in seiner Jugend auffällig religiös gewesen sein, und möglicherweise trafen sich beide auch auf dieser Ebene. Nicht im Sinne eines gemeinsam praktizierten Christentums, sondern durch Gespräche, Reflexionen, Erfahrungen.

Mein Onkel Heinz erlebte als der Jüngste dann auch die Verbringung J.s ins Rheinland und die meiner Mutter in ihr Internat in Bensheim. Vielleicht schrieben sie sich Briefe. Dann wird meine Mutter von ihren Lektüren, ihren neuen Freundschaften zu anderen Mädchen berichtet haben, ihrer Aufbruchsstimmung, der neuen Welt, in der sie jetzt lebte, und vielleicht auch von dem Jungen, der im Nachbarinternat untergebracht und auf den sie aufmerksam geworden war bzw. er auf sie. Dieser Junge wurde am Wochenende mit einer Dienstlimousine abgeholt. Die Limousine war schwarz, und an den Kotflügeln waren auf Höhe der Scheinwerfer Standarten des Landes Hessen angebracht. So etwas kannte meine Mutter höchstens aus der Wochenschau.

Als ich Schriftsteller und eine öffentliche Person wurde, bekam ich eines Tages einen langen Brief von einer mir unbekannten Frau im Alter meiner Mutter. Durch diesen Brief war zu ermessen, welchen Eindruck meine Mutter früher erwecken konnte. Ich wußte das auch von unserem Tante Lenchen. Meine Mutter hatte als freiheitsliebend, als Feindin von Konventionen gegolten (wie mein Bruder mit seinen auf den Tisch gestützten Ellbogen), als unverbiegbar, aufrichtig und als Gerechtigkeitsfanatikerin. Zudem war sie groß gewachsen, schwarzhaarig und interessierte sich für Literatur, Gedichte, Rilke. Sie suchte Kontakte zu ihren Deutschlehrern und hatte ein Faible für ältere ›von Geist durchwehte‹ Männer. Und sie begeisterte ihre Freundinnen. Man konnte mit ihr offenbar Pferde stehlen.

Der Brief jener Frau trug eindeutig Züge enttäuschter Liebe. Er zeichnete das Bild einer für die Autorin damals bewunderns- und begehrenswerten Person, eines Vorbilds, das sie anhimmelte, gerade für das Ablehnen von Konventionen und den Mut, der dahinterzustecken schien. Und dann kam jener Junge mit der Limousine. Was diesen Jungen (meinen späteren Vater) anging, verstieg sich die unbekannte Frau zu Herablassungen. Vor allem Limousine und Standarten waren für sie Popanzerei. Die Person meiner Mutter stellte sich ihr somit als eine Art Betrug heraus, eine große Ankündigung ohne anschließende Einlösung. Als sei die Entscheidung für meinen Vater aus reiner Feigheit oder gegen die eigenen Grundsätze gefallen. Eine Kapitulation vor dem Sprung ins wahre, selbstbestimmte, freie und groß angekündigte Leben.

Wie Heinz die ersten Auftritte meines Vaters in seiner Familie erlebt hatte, kann ich nicht sagen. Ich glaube nicht, daß er etwas Bedrohliches an ihm wahrnahm. Wahrscheinlich war sogar das Gegenteil der Fall, denn mein Vater zeigte eine ausgeprägte Hilfsbereitschaft, soziale Verantwortung und überdies schnell anwachsende juristische und finanztechnische Kenntnisse, die anscheinend allen helfen konnten. Schließlich war er der Sohn des hessischen Oberfinanzpräsidenten und studierte Jura.

Nach der Schule hatten meine Eltern etwas Ungewöhnliches getan. Beide hatten sich, ohne daß die jeweils anderen Eltern das wußten, gleichzeitig in Innsbruck zum Studieren eingeschrieben. Sie verbrachten dort zwei Semester, unverheiratet. Die Eltern, hieß es, seien nämlich nicht einverstanden gewesen mit dieser Beziehung. Ob es sich bei dem nicht einverstandenen Part um die Bolls handelte, die meinen Vater vielleicht auch für einen verzogenen Popanz mit Limousine und väterlichem Chauffeur hielten, ob es die Eltern meines Vaters oder vielleicht nur die zeitlebens verhaßte Schwiegermutter in Frankfurt gewesen war, weiß ich nicht. Derart wurde mir gegenüber nie ins Detail gegangen.

Auf den Hochzeitsbildern meiner Eltern ist Heinz als junger, schlanker, etwas abgründig aussehender Mann zu sehen. Dunkle Augenbrauen, tiefliegende Augen, markante Wangenknochen. Geheiratet wurde in Bad Nauheim, im Festsaal eines Hotels, Color-Fotografien, es wurden auch eine Menge Dias angefertigt. Meine Eltern waren damals Mitte Zwanzig und wohnten nach der Hochzeit in Nieder-Mörlen in einem Haus, von dem ich nicht weiß, wie und wann es in Familienbesitz gekommen ist. Ob es für sie gekauft worden war? Ob mein Großvater Wilhelm, der Firmendirektor, es für sich gekauft hatte? Die Ehe meines Großvaters soll zu der Zeit nicht mehr harmonisch gewesen sein, er hatte ein Verhältnis mit seiner Haushälterin.

Im Jahr 1967 stirbt Wilhelm, und meine Mutter übernimmt, sicherlich mit fachlicher Unterstützung meines Vaters, seinen Posten. 1970 steht unser Haus. Ab da verschwindet Heinz sukzessive von den Bildern und wird »immer komischer«.

In meiner Kindheit wurde mir das, wie gesehen, durch das Erscheinen Dörtes erklärt. Als er Dörte kennenlernte, begann die Entfremdung. Ich hatte als Kind das Bild: Immer, wenn jemand eine Person von außen kennenlernt, beginnt die Entfremdung (wie bei den funktionalen Miterziehern). Alles, was von außen kommt, ist schädlich und gefährlich. Für mich war mein Vater natürlich nichts, was von außen dazugekommen wäre, denn er war ja bei meiner Geburt bereits als Familienmitglied vorhanden gewesen. Aber bei Heinz traten die besagten »negativen Veränderungen« ein, als er Dörte heiratete. Ich sah die »Veränderungen« ja: Er war immer weniger präsent. Mein Vater fuhr zu ihm hin, Heinz »schrie« (der Erzählung nach), mein Vater kam zurück, legte sich ins Bett und so fort.

Als meine Bad Nauheimer Großmutter starb, war ich diesen Erzählungen gegenüber längst vorsichtiger geworden. Mir war klar, daß ich über vieles zu wenig Informationen hatte, und meinen Eltern traute ich nicht mehr über den Weg, dazu waren mir die Besitzverteilungsverhältnisse in meiner Familie inzwischen zu verdächtig geworden. Irgendwann sah ich auch zum ersten Mal das Dokument, mit dem meine Urgroßmutter zwei Jahrzehnte zuvor ihr Haus in der Usavorstadt auf ihren Enkel, meinen Onkel J., übertragen hatte. Das war im Jahr 1975 geschehen. Meine Urgroßmutter war damals einige Tage im Krankenhaus gewesen, mich aber hatte man nicht zu ihr vorgelassen, obgleich ich als ihr Liebling galt und in meiner Kindheit teilweise bei ihr aufgewachsen war. Ich hatte es schon immer befremdlich gefunden, daß sie mich damals nie ins Krankenhaus gebracht hatten. Nach wenigen Tagen starb sie. Das Dokument der Überschreibung auf Onkel J. hatte sie am Tag ihres Todes unterzeichnet. Offenbar hatte man es plötzlich, aufgrund des bevorstehenden Todes, sehr eilig gehabt. Ein Notar muß dabeigewesen sein. Ein Notar muß auch die Unterschrift meiner Urgroßmutter gesehen haben. Die einzelnen Buchstaben der Unterschrift waren fast zehn Zentimeter groß, und die Linien waren zittrig wie bei einem äußerst unruhigen Diagramm, überall Zacken nach oben und unten. Vielleicht hatte man ihr sogar die Hand geführt, ich weiß nicht wie wenige Stunden vor ihrem Tod. Oder war es die Todesstunde selbst? Damit war das Haus vor Onkel Heinz ›geschützt‹.

Eines Tages Ende der neunziger Jahre führe ich mit meiner Mutter ein bemerkenswertes Gespräch. Inzwischen ist die Mühlengeschichte mit einem Triumph für die Erben ausgegangen, und es kommt zum Verkauf des Grundstückes. Heinz beginnt seine Parzelle mit einem Mehrfamilienhaus zu bebauen. Manchmal erscheint er sogar wieder in unserem Haus im Mühlweg, wenn es etwas zu besprechen gilt. Ich bin Anfang Dreißig.

Bei diesem Gespräch frage ich meine Mutter etwas, das ich schon öfter in meinem Leben gefragt hatte, nämlich wie es sich denn eigentlich mit diesen seltsamen hunderttausend Mark verhalten habe, die Heinz immer gefordert hätte. In früheren Zeiten hatte meine Mutter immer dieselbe Antwort gegeben, nämlich daß sie sich das auch nicht erklären könne, daß Heinz eben seltsam geworden sei ... usw.

Diesmal sagt sie zu meinem Erstaunen: Heinz ist auf diese seltsame Idee verfallen, weil wir damals hunderttausend Mark aus der Firma herausgenommen hatten.

Ich: Bitte?

Sie: Das Geld hatten wir gebraucht, um das Haus zu bauen.

Ich: Ihr habt einhunderttausend Mark aus der Firma genommen? Meinst du das ernst?

Sie: Ja. Ich war Direktorin. Das Geld war ja nur Buchungsgeld.

Ich: Was soll das heißen, nur Buchungsgeld?

Sie: Naja, Buchungsgeld eben. Es stand nur in den Büchern. Es hat gar nicht wirklich existiert. Ich habe nichts verkauft, es ging niemandem etwas verloren.

Ich: Dann hat Heinz ja allen Grund gehabt!

Sie: Warum denn? Er hat die Firma nicht geleitet.

Ich: Aber dir hat sie nicht gehört. Sie hat der Großmutter gehört. Und vererbt war noch nicht. Das Geld ging Heinz verloren.

Sie: Aber es ging niemandem etwas verloren. Wir haben die Firma dann doch sowieso wenige Jahre später liquidiert.

Ich: Ihr habt sie liquidiert, aber vorher einhunderttausend Mark herausgenommen.

Sie: Das Geld kam doch nur in der Buchhaltung vor!

Ich: Ihr habt damit das Haus gebaut, in dem ich aufgewachsen bin. Es existiert. Es ist real, nicht fiktiv. Wir stehen gerade in ihm. Wir stehen doch gerade nicht bloß auf Buchhaltungsgeld herum!

Sie: Heinz wollte ja die Firma nicht übernehmen! Ich mußte das, mit drei Kindern.

Ich: Und wie wärst du umgekehrt damit umgegangen? Wenn Heinz sich diese hunderttausend Mark genommen hätte?

Sie: Wieso denn umgekehrt? Er leitete die Firma nicht, er war nicht einmal verheiratet. Ich hatte eine Familie. Na hör mal! Heinz hat doch gar nichts gebraucht damals. Und er hat ja auch das Haus in Nieder-Mörlen gekriegt. Er hat genau das gleiche gekriegt wie alle anderen auch. Er hat das Haus in Nieder-Mörlen gehabt, wir das Haus in Friedberg, und trotzdem hat er sich aufgeregt und wollte Geld von uns.

Ich: Du vergleichst das Haus in Nieder-Mörlen mit dem Haus im Mühlweg?

Sie: Ja. Natürlich. Er hat sein Haus bekommen, und wir haben das Haus hier gebaut.

Ich: Er hat es überschrieben bekommen, somit war es aus seinem Erbe raus. Aber du hast zwei Jahrzehnte später die Uhlandstraße geerbt. *Das* ist das Haus, das dem in Nieder-Mörlen entspricht. Damit hattest du dann aber schon zwei Häuser. Und du wirst das Haus von Onkel J. erben. Damit bist du schon bei drei.

Sie: Was meinst du denn damit? Heinz hat sich ja überhaupt nicht mehr um unsere Mutti gekümmert. Und für J. hat er auch nichts gemacht. Das haben doch alles wir auf unsere Schultern genommen!

Ich: Weißt du, das ist der typische Fall: Jemand, der von Geld und Verträgen Ahnung, aber selbst keinen Besitz hat, trifft auf eine Familie, die zwar Besitz hat, aber von Geld und Verträgen keine Ahnung.

Sie: Was heißt das?

Ich: Nichts. Ich rede nur von uns.

Sie: Wie, von uns?

Ich: Von unserer Familie.

Sie: Du redest ja schon wie mein Bruder Heinz!

Ich: Ich rede wie Heinz?

Sie: Ja, denselben Unsinn hat er auch immer behauptet! Unglaublich. Wir hätten uns Vorteile verschafft! Wir den Familienbesitz an uns gerissen!

Wir haben das alles für euch gemacht! Nur für euch! Was will denn der Heinz? Er hat doch nur ein Kind!

Ich: Du hast das also alles für uns gemacht?

Sie: Natürlich. Wir haben immer alles für euch gemacht.

Ich: Na dann recht herzlichen Dank, daß ich das auch mal erfahre. Bravo.

Sie: Was denn erfahren? Es war alles korrekt. Korrekt und in Ordnung. Wir haben nur gemacht, was jeder getan hätte.

Ich: Mit drei Kindern.

Sie: Du bist inzwischen wirklich wie der Heinz geworden. Überall dieser Neid. Alle wollen etwas. Immer wollen alle etwas.

Ich: Na ja. Offenbar hast du da recht. Langsam beginne ich, meine Schwester zu verstehen.

Für mich stellte die Beantwortung der Einhunderttausend-Mark-Frage den Schlußstein unserer Familiengeschichte dar. Die Firma, das Grundstück, die Mühle, unser Haus, Heinz, die Streitigkeiten. Mein Bruder, meine Schwester, ich. Das war die Geschichte, wie ich sie lange Zeit geglaubt habe.

MEINE FAMILIE IST EINE FAMILIE, DIE IMMER GRABSTEINE GEMACHT HAT

Die Avatare versammeln sich noch einmal neu. Es ist eine düstere Gesellschaft. Irgendwann haben sie sich von ihren Originalen abgelöst. Ich bin mir jetzt sicher, daß es die Originale einstmals gegeben hatte und daß sie, im verborgenen, immer noch leben, von ihren Abbildern kleingehalten und ausgesaugt wie von Vampiren, die ihr eigenes Blut trinken.

Ich selbst bin ein solcher Avatar, ohne es gewußt zu haben. Ich bin als solcher sogar schon auf die Welt gekommen. Zu mir gibt es kein Original.

Lange Zeit habe ich das Mühlengeschehen und den Streit um das Firmengrundstück für das zentrale Motiv unserer wie unter einem Destruktionsgebot stehenden Familie gesehen. Das Schweigen des Clans nach außen. Das nach innen alles zersetzte. Das Gesetz der *omertà*. Nun aber beginne ich erst zu begreifen. Ich muß noch einmal neu anfangen. Ganz von vorn.

Weiter oben habe ich geschrieben, mein Bruder

habe ein verwunschenes Gebiet verlassen, als er wegzog.

Vielleicht fange ich so an:

Mir ist in meiner Jugend lange nicht aufgefallen, daß ich kaum etwas über die früheren Bolls wußte. Außer unserer knappen Familiensage (Rhön, Vogelsberg, Firmengründung, Grundstück, Apfelweinfaß, Walnüsse) wurde nichts erzählt.

Meine Mutter ist 1935 geboren, fünf Jahre vor Heinz. Was den Krieg und die Nachkriegszeit anging, erzählte sie immer wieder zwei Anekdoten. Einmal lief sie in Bad Nauheim auf dem Eleonorenring (ich weiß nicht, ob er damals schon so hieß), und es kam ein Flieger auf sie zu, der auf sie schoß. Der Pilot habe ihr dabei in die Augen geschaut. Ein anderes Mal, zur Hungerzeit, fuhr sie am Usa-Ufer entlang, mit einem Fahrrad, und hatte einen Laib Brot auf dem Gepäckträger. Der Laib fiel vom Fahrrad, mitten in einen Kuhfladen. Sie wischte den Laib an ihrer Schürze ab, fuhr weiter, das Brot wurde am Abend aufgetischt, alle aßen mit Appetit, aber sie nahm an dem Abend kein Stück Brot.

Im Wohnzimmer meiner Großmutter stand, bevor meine Schwester dort eingezogen war, der alte Schreibtisch, an dem ich jetzt über unsere Familie schreibe. Damals, vor ihrem Tod, befanden sich noch einige Fotografien auf ihm. Verwandte, Angehörige, Freunde. Mindestens ein Mann in Uniform. Meine Großmutter beantwortete Fragen danach, wer auf den Fotografien zu sehen sei, immer sehr einsilbig. Ihr Schmerz wurde im Augenblick der Fragestellung so sichtbar, daß ich nicht weiterfragte. Dieser Schmerz war nicht aufgeführt, er war nicht demonstrativ, aber er war einschüchternd. Ich mochte meine Großmutter und wollte ihr nicht weh tun. Es war immer klar, meine ganze Kindheit über, daß über diese Fotos nicht geredet wurde. In ihrer Unantastbarkeit waren sie wie ein Heiligtum. Es war ein Pentagramm um sie gezeichnet. Ich hätte damals nie verstehen können, inwieweit hier bereits Avatare wirkten. Ich hätte meine Großmutter nie für einen solchen gehalten.

Leichen-, Brillen-, Zahngold- und Haarberge sah ich zum ersten Mal gegen Ende der siebziger Jahre. Es war die Zeit der Filmprojektoren an der Schule, mit echtem Zelluloid. Eben hatten wir noch Filme wie »Die Wüste lebt« geschaut, jetzt bekam ich zum ersten Mal offiziell vom Nationalsozialismus erzählt. Der Nationalsozialismus war bestialisch, das war klar, da er aber in Schwarzweiß stattfand, war er für mich zeitlich völlig entrückt. Ich hatte meine Großmutter nie in Schwarzweiß gesehen. Sie war immer in Farbe, sie lebte, sie war Gegenwart. Die Fotos in ihrem Wohnzimmer dagegen waren schwarzweiß, wie der Film in der Schule. Alles tausend Jahre her. Sie waren Vergangenheit, ewig geschieden vom Jetzt, eine Art Fiktion. Selbst die Fotos, die meine Großmutter als junge Frau zeigten, waren eine Fiktion. Sie war darauf überhaupt nicht als sie selbst zu erkennen. Mit dem Zelluloid und den Leichen, den Brillen, dem Zahngold und den Haaren aus dem Film hatte meine Großmutter folglich nichts zu tun.

Mit meinem Onkel Heinz habe ich nie über seine Jugend gesprochen, dafür kannten wir uns zu wenig. Mit Onkel J. auch nie, das war nicht möglich. Er war durch seine Behinderung immer geschützt. Mit meiner Großmutter suchte ich kein wirkliches Gespräch. Mein Bruder fragte sie bisweilen. Dann umringte sie mit ihren schlanken, eleganten Fingern die Holzknäufe unseres Ledersessels im Wohnzimmer im Mühlweg, machte an ihnen Bewegungen, die mich an Masturbation erinnerten, und sagte, sie hätten ja nicht gewußt, was das für einer sei. Hätten sie je gewußt, was das für einer sei, dann wäre alles anders gewesen.

Aber sie hätten ihm eben vertraut. Ein Name fiel nicht. Das war auch nicht nötig.

Interessanter oder zumindest gewinnbringender im Sinn einer *lectio difficilior* war das, was meine Mutter über die damalige Zeit sagte. Ich fragte meine Mutter zum ersten Mal mit etwa dreizehn Jahren. Ich hatte in der Schule den besagten Film geschaut, der uns natürlich fassungslos machte, hatte in den folgenden Monaten alles im Fernsehen gesehen, was mit dem Thema zu tun hatte (das lief immer sehr spät am Abend, ich hatte unsere Fernsehzeitschrift danach durchforstet), und natürlich kam bald die Frage an meine Mutter auf (die Großmutter wollte ich verschonen), wer in welcher Weise wie in was involviert gewesen sein könnte. Damals. In der Schwarzweißzeit.

Antwort meiner Mutter: Wir haben den Juden doch sogar Brand gegeben.

Sie sagte das mit einer gewissen Entrüstung in der Stimme. Ich machte mir über den Satz keine weiteren Gedanken, er war ja ziemlich klar.

Erst später analysierte ich den Satz genauer. Es tauchte das Wort »Jude« in ihm auf, um dieses Wort herum war der Satz wie um ein Zentrum gebaut. Das Wort stach heraus, weil es den dunkelsten Vokal im Satz lieferte: »u«. Schon allein klanglich stand es damit wie etwas schwer Belastetes und Bedrohliches da. Die Gefährlichkeit des Wortes »Jude« wurde durch das »sogar« unterstrichen. Wenn die Bolls, »sogar« etwas für die Juden getan haben, dann war klar: Eigentlich durfte man keinen Umgang mit Juden haben. Die Bolls aber haben diesen Umgang gewagt, offenbar gegen Widerstände und Anfeindungen. Sie haben gleichsam ihre persönliche Sicherheit aufs Spiel gesetzt. Sie hätten den Umgang mit den Juden ja auch seinlassen können. Aber sie hatten nicht nur Kontakt zu Juden, sondern sie haben ihnen sogar etwas abgegeben: Brand. Also Brennholz. In schlimmer historischer Lage (Krieg) und angefochten durch die totalitären Umstände (nationalsozialistisches Regime) haben sie dennoch dagegengehalten. Der Satz markierte eine Widerstandsleistung. Wer eine solche Widerstandsleistung erbringt, ist *per se* vor dem Verdacht gefeit, es könnte in seiner Familie Parteimitglieder oder dergleichen gegeben haben.

Auffällig wurde mir der Satz erst einige Jahre später. Ich hatte mich inzwischen mit dem Ersten Weltkrieg, Weimar und dem Nationalsozialismus beschäftigt, ich hatte die politischen Positionen meines Vaters in ihren Grundlagen verstanden: Er war nach dem Krieg ein begeisterter Anhänger de Gaulles und des Gedankens der deutsch-französischen Freundschaft gewesen, die im Kern den europäischen Gedanken in sich trug, und er hatte für sich als die junge Generation die Aufgabe gesehen, eine neue, bessere, friedlichere, sozusagen permanent hitlerlose Welt herbeizuführen. Jede Auslandsreise, die er als junger Mann unternahm, war von jenem pathetischen Geist der Völkerverständigung getragen, man sah es sogar noch dem Rucksack und den Kniestrümpfen auf seinen Fotografien an. Alles sah nach Aufbruch aus.

Irgendwann, Jahre nach meinem dreizehnten Lebensjahr, fragte ich meine Mutter in einem Gespräch beiläufig, was ich schon einmal gefragt hatte (ähnlich wie später mit der Einhunderttausend-Mark-Frage). Mir erschien es inzwischen unwahrscheinlich, daß es in unserer Familie tatsächlich keinerlei Verstrickung in den Nationalsozialismus gegeben haben sollte. Kein einziger, kein Onkel, kein Bruder, niemand dabei, weder in der Partei noch in der Wehrmacht? Und die Fotos auf dem Tisch meiner Großmutter? Überdies war ich jetzt reifer als noch vor Jahren. Mit mir war nun sachlicher zu reden. Ich wußte, als ich sie fragte, daß ich diese Frage schon einmal gestellt hatte. Aber ich tat so, als stellte ich sie zum ersten Mal.

Wer war denn aus der Boll-Familie eigentlich in der Partei?

Die Antwort meiner Mutter: Aber wir haben den Juden doch sogar Brand gegeben.

Ich fragte sie, was sie damit meine. Sie sagte, die Juden seien aus der Altstadt herunter ans Usa-Ufer gekommen und der Großvater habe ihnen Brennholz gegeben in der schlimmen Zeit.

Namen fielen nicht. Die Juden traten als Gruppe auf, anonym und gesichtslos. Wie ein armes, zerlumptes Heer kamen sie in dem Satz meiner Mutter aus der Altstadt herunter, hohle Wangen, stierende Augen und ausgefroren, weil sie von den Nazis kein Brennholz bekamen. Vielleicht ähnlich schmutzig und zerrissen, wie ich mir als Kind die Juz-Gesellschaft ausgemalt hatte. Und wie sie da herumstreunten, begegnete ihnen mein Großvater. Er muß sich nicht lang bedenken und spendet ihnen das Holz-Almosen an dem Ort, an dem ich eine Ewigkeit später jene seltsame Grube, das Zelt und die nächtlich brennenden Fakkeln kennenlernte, die Milchstraße mit ihren Myriaden Sternen, und meine Eltern sitzen mit Freunden (und vielleicht noch Onkel Heinz) auf Gartenstühlen bei Chips, Flips und Dips. Die namenlosen Juden nehmen das Holz und huschen damit verstohlen in ihre Altstadt zurück. Wahrscheinlich tragen sie alle Kaftane, unter denen sie das Holz verbergen.

Ich nahm zur Kenntnis, was meine Mutter sagte, runzelte absichtlich nicht die Stirn und blieb ganz ernst.

Ich ließ ein paar Jahre verstreichen, dann fragte ich anläßlich eines Gespräches – wieder fragte ich, als sei es das erste Mal:

Mutter, wir hatten doch die große Firma, so viele Angestellte, und die Familie war zahlreich. Gab es bei uns eigentlich irgend jemanden, der in der Partei war?

Die Antwort meiner Mutter: Wir haben den Juden doch sogar Brand gegeben!

Ich wußte inzwischen, daß es in Friedberg ein Judenviertel gegeben hatte, und ich kannte das Datum, als die letzten jüdischen Bewohnerinnen und Bewohner Friedbergs in der Turnhalle der Augustinerschule zusammengetrieben worden waren, um von dort abtransportiert zu werden (16.9.1942). Ab da war Friedberg »judenfrei«.

Anschließend machte ich es mir zur Angewohnheit, meine Mutter alle paar Jahre zu fragen, immer mit geschauspielerter Ich-frag-das-jetzt-zum-ersten-Mal-Attitüde. Tatsächlich schien sie sich nicht daran zu erinnern, daß wir diesen Wortwechsel schon öfter hatten:

Ich: War eigentlich mein Großvater in der Partei? Oder mein Urgroßvater?

Sie: Wie kommst du denn darauf? Wir haben den Juden doch sogar Brand gegeben!

Als ich zwanzig, fünfundzwanzig, dreißig, fünfunddreißig Jahre alt war, immer der exakt gleiche Wortlaut, wie bei einem Pawlowschen Hund. Kein Ja, kein Nein, keine Information, keine Erzählung, nichts. Das einzige, was ich wußte: »Wir« hatten den Juden sogar Brand gegeben! Die Frage nach Parteimitgliedschaft mußte aus irgendwelchen düsteren Gründen bei meiner Mutter einen solchen Adrenalinausstoß verursachen, daß sich eine alles vernebelnde Wolke in ihrem Gehirn ausbreitete und sie nicht einmal merkte, daß sie mir das schon zehnmal erzählt hatte und ihr Wortlaut dabei immer exakt ein und derselbe war.

Gestern laufe ich von Bad Nauheim nach Friedberg. Ich komme am großen Gradierwerk vorbei, am Opelgelände, betrete den Promenadenweg und durchquere die dortigen Schrebergärten. In der Flucht des Blickes ragt der Adolfsturm auf, von dem ich in den Träumen als Schüler und Student immer wieder heruntergesprungen bin. Ich komme an der Trasse der Bundesstraße 3a vorbei, der Ortsumgehungsstraße. Sie ist bereits planiert, die Wetterauer stehen in Neugierde um die riesige Schlucht herum und betrachten sie interessiert. Unterhalb der Burg gelange ich nach Friedberg, passiere die Usa und erreiche den Mühlweg, indem ich durch die Vierundzwanzig Hallen laufe, das Rosenthalviadukt, das für mich und meine Familie und die ganzen Bolls mitsamt der Firma immer einen solchen Hintergrund abgegeben hatte wie die Manhattan Bridge auf dem Filmplakat von *Es war einmal in Amerika*.

Ich laufe an unserem ehemaligen Gelände vorbei. Die 12 steht noch, das Migothaus. Dort soll, hieß es stets, meine Mutter aufgewachsen sein. Später wohnte Herr Migot darin. Die Migots gibt es heute noch. Sogar ein Stück unserer alten Mauer steht noch auf der Höhe der 12. Dann kommt das Neubaugebiet, etwa ein Dutzend Einheiten. Weiße Hauswände, rote Ziegeldächer, der Weg dazwischen betoniert. Die Straße verläuft bogenförmig ins Grundstück hinein, so konnte man mehr Einheiten realisieren. Alles zu Geld gemacht, jeder Zentimeter. Vom Birkenwäldchen keine Spur mehr. Dort, wo die Mühle stand, sehe ich hinter einem Fenster einen Fernseher laufen. Jemand kommt aus der Tür und schaut mich befremdet an. Er weiß, daß ich nicht in seine Wohnstraße Mühlweg 12a bis 12n gehöre. Er will mich schon fragen, ob ich nach etwas suche, aber ich laufe weiter.

Dann am alten Bahndamm in die Stadt hinauf. Vorbei am alten Hallenbad, über den Konrad-Adenauer-Platz und zur Stadtkirche.

Jetzt trete ich vor die Bindernagelsche Buchhandlung. Im Schaufenster liegt ein schmales Buch von mir, auf dem Titelbild sieht man den nazibraunen Variant meines Onkels. In der Tür hängt ein Lesungsplakat mit Mathias Herrmann, dem Bruder der Buchhändlertochter. Er liest Stoltze und Niebergall. Vor einiger Zeit soll er mal wieder im *Tatort* zu sehen gewesen sein. Oder war es eine *Soko*-Serie?

Ich betrete die Buchhandlung und frage nach der Buchhändlerin. Sie ist im Obergeschoß, heißt es, in der Privatwohnung. Ich gehe durch das Büro zur Treppe und steige in den obersten Stock hinauf. Hier hatte in früheren Zeiten ihr Großvater, den ich aus meiner Schulzeit noch kannte, sein Büro gehabt. Die Buchhändlertochter hat die Tür zur Wohnung offenstehen lassen, drinnen wird gerade geräumt, da die Etage auf eine Renovierung vorbereitet werden soll. Meine frühere Freundin steht vor einem Regal, hat mir den Rükken zugedreht und blättert in einem Buch. Als sie sich umdreht, bemerkt sie mich.

Ich habe ein Tagebuch von meinem Großvater gefunden, sagt sie und schaut mich etwas seltsam an. Ich weiß nicht, wieso sie mich so seltsam anblickt. Irgendwie prüfend.

Ich: Aus welcher Zeit?

Sie: Es beginnt im März 1945 und endet im Spätherbst 1945. Aber ich kann es nicht lesen. Es ist in Kurrent geschrieben. Da ich nichts über die Zeit von damals weiß, kann ich nichts in den Worten wiedererkennen. Es wäre zum Lesen vielleicht eine Hilfe, wenn ich wüßte, worum es geht. Es könnte etwas mit Kriegsgefangenschaft zu tun haben.

Ich: Hast du mich deshalb angerufen? Ist das sein Regal?

Sie: Nein, deshalb habe ich dich nicht angerufen. Es ist nicht das einzige Regal. Das hier ist nur der alte Teil. Bücherkataloge aus den Jahren 1930, 1931. Jahresverzeichnisse. Der komplette Jahrgang lieferbarer Bücher.

Wieder schaut sie mich seltsam an.

Warum siehst du mich denn so an? frage ich.

Ich habe etwas entdeckt, sagt sie. Deshalb habe ich dich angerufen.

Was denn?

Hier. Ich weiß nicht, ob es wichtig ist. Ein Adressbuch der Wetterau aus dem Jahr 1915.

Ich: Aha.

Sie: Es ist interessant, da steht unsere ganze Familie drin. Ich wußte gar nicht, daß mein Urgroßvater in der ***straße gewohnt hat.

Ich: Soso.

Sie: Du kannst ja mal die Bolls nachschlagen.

Ich: Ich bin gerade dabei. Hier stehen sie. Sie wohnten damals alle noch in der Usavorstadt, im Haus meiner Urgroßmutter. Da, Usavorstadt 5. Nicht weit von der Firma.

Sie: Schau mal nach der Firma.

Ich: Steinwerke Karl Boll. Also damals wohl noch Melchior Boll. Hier ist sie ... was ist denn das?

Sie: Siehst du, mich hat das auch erstaunt.

Ich: Hier steht Haingraben. Nicht Mühlweg. Unsere Firma war 1915 im Haingraben? Ich dachte, sie sei schon immer am Usa-Ufer gewesen. Was soll denn das bedeuten? Hier steht ja sogar die Nummer des Telefonanschlusses.

Sie: Schlag mal die Einträge zum Mühlweg auf.

Aber vielleicht willst du dich vorher lieber hinsetzen.

Ich: Hier steht ein Name, den ich noch nie gehört habe. In der 12, also im Migothaus, hatte damals ein Theodor Seligmann eine Fabrik. Eine Glacélederfabrik. Seltsam.

Sie: Das ist mir auch aufgefallen. Jener Seligmann wohnte in der Bismarckstraße und hatte dort noch eine zweite Fabrik.

Ich: Es gab an den Vierundzwanzig Hallen in meiner Jugend immer noch eine Gerberei. Es gab also früher mehrere Gerbereien dort unten? Klar, es fließt dort die Usa. Für eine Gerberei oder Lederfabrik ist es die ideale Lage.

Sie: Du bist immer davon ausgegangen, die Steinwerke seien seit 1875 dort gewesen.

Ich: Aber ja. Immer. Die Jahreszahl weiß ich nicht so genau. Ob das 1875 war, kann ich nicht sagen. Ich dachte, der ganze Landstrich unten an der Usa sei vor uns Brachland gewesen.

Sie: Ich habe mich mal nach dem Namen Seligmann umgetan. Die Geschichte der Juden in Friedberg ist ja inzwischen ganz gut dokumentiert. Es gibt ein Archiv. Theodor Seligmann war nicht ganz unbekannt. Ich habe Notizen gemacht, die ich dir geben wollte.

Ich: Moment, Seligmann war Jude? Meinst du das ernst? Das haut mich jetzt um. Was hast du erfahren?

Sie: Er heißt Theodor David Seligmann und ist 1868 geboren. Verstorben ist er 1937, am 22. Juli, in der Bismarckstraße. Da ist er 1915 aus der Usavorstadt 1 hingezogen, im Jahr des Adressbuches. Mehrere Firmen werden angegeben, erst eine unter seinem Namen, dann zusammen mit einem Julius Bildstein, das ist sein Schwiegersohn, und dann eine zusammen mit einem Ernst Bernstein.

Ich: Alles Namen, die ich noch nie gehört habe.

Sie: Firmensitz war immer Mühlweg 12.

Ich: Immer das Migothaus! Bis wann?

Sie: Bis zum Ende, bis 37. Die Wohnung in der Bismarckstraße, in der dann seine Frau noch lebte, wurde in der Pogromnacht geplündert und verwüstet. Die Spuren seiner Frau verlieren sich. 1943 wird ihr Geldvermögen eingezogen. Ich weiß sogar, daß Seligmann oben auf dem alten Friedhof an der Wöllstädter Straße liegt. Das Grab existiert. Die Stelle neben ihm, die für seine Frau vorgesehen war, ist leer geblieben.

Ich: Mir wird schlecht.

Sie: Sein Sohn ist mit neunzehn Jahren im Ersten Weltkrieg gefallen. Es gab noch eine Tochter, aber über die habe ich im Archiv nichts entdeckt. Er war übrigens im Vorstand der jüdischen Gemeinde in Friedberg. Aber paß acht, eines habe ich mir genau aufgeschrieben, nämlich den Passus Grundbesitz. Lies!

Die Buchhändlertochter gibt mir einen Zettel in die Hand, auf dem in ihrer mir seit einem Vierteljahrhundert vertrauten Schrift folgendes steht: »Grundbesitz: Theodor Seligmann besaß: Hofreiten Mühlweg 22-28, Flur II Nr. 236, 237, 238, 240 241 / 1 u. Grabgarten Nr. 239, ›In der Uservorstadt‹, 424 m^2, 101 m^2, 151 m^2, 77 m^2 u. 518 m^2 u. 68 m^2 (Grabgarten), Einheitssteuerwert 13500 RM, keine Kriegsbeschädigungen.«

Ich: Das ist das Gelände, auf dem ich aufgewachsen bin! Das ist das Gelände mit dem Obstgarten meines Urgroßvaters! Mit den Apfelbäumen! Das ist exakt unser Grundstück die Usa entlang!

Sie: Als deine Mutter ein Kleinkind war, muß das Gebiet noch Theodor Seligmann gehört haben. Es kann diesen Angaben zufolge erst nach seinem Tod in euren Besitz gekommen sein. Als es die Seligmanns nicht mehr in Friedberg gab. Mal abgesehen von der Tochter, über die ich nichts weiß. Ob Seligmanns Frau das Gelände geerbt hat, wie es wann in eure Hände kam, darüber war nichts zu finden.

Ich setzte mich jetzt tatsächlich hin.

Ich: Weißt du, was das bedeutet?

Sie: In gewisser Weise ja. Es macht es nicht leichter.

Ich: Wie kann das alles sein?

Sie: Interessant ist, daß du nie auf den Gedanken gekommen bist.

Ich: Nie im Leben. Dabei wäre die Frage eigentlich naheliegend gewesen. Von einer auf die nächste Sekunde scheint das viel zu erklären. Mir dreht sich grade alles. Ich habe das tatsächlich alles einfach immer so hingenommen.

Sie: Wir sind die Kinder der Schweigekinder.

Ich: Ich habe immer gewußt, daß nichts erzählt wurde. Das war mir schon klar. Aber ... ich habe das, wie soll ich sagen, für normal gehalten. Man redet eben über diese Zeit nicht. Mein Gott, weißt du, was das für das bedeutet, woran ich die ganze Zeit schreibe? Es bedeutet, daß es mich gar nicht gibt. Dieser Andreas existiert überhaupt nicht!

Sie: Ja, du bist wohl von falschen Voraussetzungen ausgegangen. Die Programme funktionieren ganz schön lang.

Ich: Ich schreibe die ganze Zeit Nachkriegsliteratur, ohne es zu merken. Entschuldungsliteratur. Ich! Aus meiner Herkunft, aus den Bolls, aus den Steinwerken habe ich ja geradezu ein metaphysisches Konstrukt gemacht. Und es hat so gut funktioniert! Erst hatte ich meinen Onkel J. als Figur gefunden, von da die Familie, dann kam Friedberg, kamen die Landschaft, die Wetterau dazu, alles hatte so einen schönen Zusammenhang. Und unser Grundstück, die allerersten Erfahrungen! Meine Urbilder dort! Wie ich als kleines Kind in einer Grube gespielt habe, unter der Erde. Die Fackeln, die sie damals angezündet hatten. Das Zelt. Gruselig.

Sie: Du weißt ja gar nichts Genaues.

Ich: Meine schöne Wetterau! Die ganze Zeit konnte sie Literatur sein. Sie konnte blühen, duften, schweben, fliegen, ich konnte sie wie einen Ballon in den Händen halten, sie in der Luft tanzen lassen. Wie Chaplin in dem Film. Sie konnte alles sein, universal! Sogar Nazis konnten darin vorkommen. Der nazibraune Variant meines Onkels! Das war ein großes Spiel. Daß das alles eine Form des Schweigens war, kam nicht vor. Mein Gott.

Sie: Vielleicht sind wir zu naiv.

Ich: Und was ist jetzt mit unserer Liebesgeschichte? Das ist jetzt auch eine Nachkriegsgeschichte?

Sie: Eine Geschichte über die Kinder der Schweigekinder. Ja. Und wie sie lieben und wie sie leben.

Ich: O Mann.

Sie: Und weißt du, was wir jetzt machen?

Ich: Wir gehen über die Straße in die Dunkel und trinken Bier. Ich brauche dringend Alkohol.

Sie: Nein. Die Dunkel ist mir für heute zu sehr belastet. Da saßen sie ja früher auch alle. Nein, wir fahren jetzt hoch an die Wöllstädter Straße. Zum Friedhof.

Tatsächlich saßen wir fünf Minuten später in ihrem Automobil. Der Tag war heiß, es drehte sich in meinem Kopf. Wir fuhren die Kaiserstraße entlang, an all den alten Geschäften vorbei, die seit meiner Kindheit Zug um Zug gegen neue Geschäfte ausgetauscht worden sind. Die geschlossene Schillerlinde. Die Friedberger, die ich zum größten Teil gar nicht mehr kannte, liefen zahlreich auf den Trottoirs oder saßen in den Eiscafés. Kein Hugo Husemann, kein Giebel mehr. Dafür immer mehr Telefonläden. Einmal hatte ein Kind meiner Schwester während einer Migrationspause in acht Telefonläden gleichzeitig Verträge abgeschlossen und war dann mit den acht Telefonen am nächsten Tag in die USA geflogen. Alle acht Läden wurden anschließend im Mühlweg vorstellig. Immer mehr Fingernagelstudios. Paulchen Minturn hat seinen Tabakladen abgegeben. Er raucht jetzt zu Hause weiter. Der Fisch Umsonst – weg. Das riesige Breitenfeldergelände, brachliegend. Dort hatte ich früher stapelweise Platten geklaut, Genesis, Led Zeppelin, Schubert, und mein Onkel J. hatte dort seine Heino-Platten gekauft. Die Damals-Maschine. Die Wetterau-Maschine. Als Jugendlicher war ich durch all das hindurchgelaufen und hatte es immer tiefer in mich hineingeatmet. Ich war das Wetter, die Temperatur jedes Tages, jede Stimmung des Lichts, wie geöffnet gegen alles.

Um die Buchhändlertochter und mich herum zahllose Autos. Kein VW-Variant-Modell mehr, sondern ganz andere, neue, deren Firmennamen ich nicht einmal weiß. Hier also hatte Theodor Seligmann gelebt, in Friedberg in der Wetterau. Er mußte meinen Urgroßvater und dessen Vater gekannt haben. Denn bis zum Jahr 1915 hatte er selbst in der Usavorstadt gewohnt, zwei Häuser von den Bolls entfernt. Damals waren auf den Straßen noch Fuhrwerke unterwegs.

Weiter nach oben mit dem Auto, zur Kaserne. Wir fahren auf der Straße, die bald umgangen werden wird. Oben das Tor. 1983, wir haben es blokkiert. Oder die Menschenkette von Stuttgart nach Neu-Ulm, 22. Oktober im gleichen Jahr. Da war ich gerade sechzehn geworden. Ein sonniger Tag. *Bürger laßt das Glotzen sein / kommt herunter reiht euch ein.* Anke war dabei, Micki und Harald aus dem Literaturcafé, wir alle in einem VW-Bus und in ihm auch übernachtet, auf dem Parkplatz vor der Hochschule in Neu-Ulm. Damals war ich bereits von der Buchhändlertochter fortgegangen.

Wir stehen auf. Jetzt. Denn die Zeit wird knapp!

In nur wenigen Wochen soll an das Pulverfaß Bundesrepublik die Lunte gelegt werden – durch Pershing II und Cruise Missiles. In Genf wird geredet. Die NATO und unsere Regierung handeln. Gegen unseren Willen. Gegen die Interessen unseres Landes. Wenn wir es nicht verhindern.

Deshalb: Jetzt aufstehn. Überall mitmachen. Den Widerstand steigern. Und im Oktober bereit sein.

Hunderttausende in die Kette, an die Stationierungsorte, auf die Volksversammlungen. Wir brauchen jeden. Wir leisten gewaltfreien Wider-

stand. Wir sind ungehorsam. Wir schützen unser Land!

Ich muß meinen Bruder anrufen. Ich muß ihm das erzählen.

Draußen vor der Stadt hatte ich einmal den alten Klaus Adomeit gesehen. Er trug wie immer seinen zerlumpten, grünen Armeeparka und darunter nur ein Unterhemd. In der Hand hatte er eine Plastiktüte, aber darin befanden sich diesmal keine Magazine, kein *Schlüsselloch* oder *Praline*, sondern Sauerampfer, den er für die Hasen holte. Warum so weit vor der Stadt? Ging er spazieren? Der alte Adomeit an der Landstraße, ganz allein, wie eine Erscheinung stand er da.

Klaus, was machst du denn hier?

Ach, Andreas, du bist das! Ja, die Kunst, die ist verhunzt!

Soll ich dich mitnehmen?

Mitnehmen? I wo. Aber gib mir nachher in der Schillerlinde einen Schoppen aus. Ich hab guten Tabak dabei.

Gebongt!

Ich bin so gegen fünf da!

Ich schaue die Buchhändlertochter an, wie sie den Wagen lenkt. Wir erreichen die Wöllstädter Höhe. Um uns herum Felder. Die Felder der Wetterau. Zweimal in meinem Leben war ich auf diesem Friedhof gewesen. Lange Zeit hatte ich nichts von ihm gewußt. Beerdigungen fanden hier bis 1939 statt. Dann nicht mehr.

Wir steigen aus und sehen sofort das Grab. Tatsächlich, es existiert. Theodor Seligmann. Der Platz neben ihm ist leer.

Als wir vor dem Grab stehen, dahinter weites Land, die Felder, der Taunus, der Winterstein, nimmt die Buchhändlertochter meine Hand. Sie sagt einen Satz, den sie schon einmal zu mir gesagt hatte, vor über eineinhalb Jahrzehnten bei unserer Begegnung im Westwerk der Friedberger Stadtkirche. Damals war es ein frostiger Tag im März und ich eine ruinöse Gestalt gewesen. Jetzt ist es ein heißer Sommertag, und ich bin seit Jahren Schriftsteller. Gerade schreibe ich ein Buch, das *Die Familie* heißt.

Es ist eiskalt hier, sagt sie.

– – – – – – – – – – –

Meine Familie ist eine Familie,
die immer Grabsteine gemacht hat.
Auch ihren eigenen.

Epilog in Tenniskleidung

Mein Vater steht im Schlafzimmer. Es ist halb sechs Uhr nachmittags. Er ist jetzt 58. Körperlich in bester Verfassung.

Im Schlafzimmer im Mühlweg befinden sich sechs Einrichtungsgegenstände. Zunächst das Ehebett mitsamt anmontierten Nachttischen. Dann ein Wäscheschrank. Eine Kommode, auf der der Fernseher steht. Ein Schubladenschrank. Vor dem Ehebett schließlich zwei mit Lammfell überzogene Hocker. Seit meiner Kindheit hat sich an der Einrichtung nichts geändert. Nur der Fernseher wurde alle paar Jahre erneuert.

Den Wäscheschrank nutzt ausschließlich mein Vater. Der meiner Mutter befindet sich im Flur vor dem Schlafzimmer.

Der Wäscheschrank meines Vaters besteht aus zwei Schrankhälften. Noch heute weiß ich die Ordnung auswendig. Das Fach für die Socken, für die Unterhemden, die Unterhosen, es war immer weiße Unterwäsche, immer Feinripp. Die Stange mit den Hemden, die stets von meiner Mutter im Keller gebügelt wurden. Im anderen Schrankteil die Anzüge, Gürtel und Krawatten. Der Anzug-Schrankteil strömte immer einen bestimmten Geruch aus. Ich konnte nie ein Wort dafür finden. Ich empfand keinen Ekel, aber ich hätte noch viel weniger Zuneigung für diesen Geruch empfinden können. Er war nicht streng, aber es ging etwas Reglementierendes von ihm aus. Der Geruch sagte: Ich bin die Wahrheit über das Leben. Also das Arbeitsleben, das Leben in den Aufsichtsräten, in den Gremien, im Beruf, in der Verantwortung.

Mein Vater legt seine Hosen ab. Möglichst bundfaltengenau zusammen und dann auf das Ehebett. Der Schuhe hat er sich bereits im Erdgeschoß entledigt. Das Hemd wirft er vermutlich auf einen der beiden Hocker, als Signal für meine Mutter, daß es in die Wäsche kann. Die auf das Bett abgelegte Hose wird meine Mutter auch wegräumen, das heißt über einen Bügel ziehen und im Schrank aufhängen.

Wie er sich beim Verlassen seines bürgerlichen Arbeitskostüms fühlt, weiß ich nicht. Kann sein, er fühlt sich erleichtert, kann sein, es ist ihm egal. Es kann auch sein, daß er zwischen den Kostümen keinerlei Unterschied sieht. Vielleicht sind es für ihn zwei Seiten ein und derselben Medaille.

In einem unteren Fach der rechten Schrankhälfte liegt die Tenniskleidung. Drei Polohemden, gebügelt und übereinandergelegt. Eine weiße Bundfaltentennishose. Socken. Mein Vater nimmt die Hose, sie ist mit einem abgenähten Umschlag versehen. Sie wird immer frisch gewaschen, im Gegensatz zu den Anzügen, und sie nimmt innerhalb der wenigen Tage, die sie im Schrank liegt, nicht den besagten Geruch an, den Wahrheitsgeruch meines Vaters.

Zug um Zug entsteht der Tennisspieler, mein Vater könnte es im Spiegel neben der Waschbekkennische sehen. Aber ich glaube nicht, daß er sich dabei betrachtet. Da waren der Sitz des Anzugs und die Bindung der Krawatte stets wichtiger. Die Krawatte wurde immer vor dem Spiegel gebunden. Tenniskleidung ist nicht so regelfordernd. Es handelt sich ja um eine legere, sportliche Bekleidung für die Freizeit. Mein Vater wird nämlich gleich zur Tennishalle Rosbach fahren, um dort mit seinem Bürokollegen Mosbacher zu spielen. Mosbacher ist ihm als Abteilungsleiter zwar subordiniert. Aber ein kollegiales Verhältnis erlaubt gemeinsames Tennisspiel.

Mein Vater geht ins Erdgeschoß hinab, zieht leichte schwarze Halbschuhe an (Slipper), was das

Kostüm etwas durcheinanderbringt. Aber das ist ihm gleichgültig (so eitel war er nie). Die Tennisschuhe dürfen erst in der Tennishalle angezogen werden. Dann ins Büro, ein kurzer Blick auf den Schreibtisch, auf den dort vom Mittag liegengebliebenen Aktenordner, man hatte vor dem Oberlandesgericht gestanden. Er schließt für einen Moment die Augen, kaut leicht im Mundwinkel, erinnert sich an den Mittag, dann tritt er an den hinteren Schrank und holt seine Tennistasche heraus, die seit seinem letzten Duell mit Mosbacher vor drei Tagen dort unbenutzt steht. Er öffnet sie nicht, er muß nicht kontrollieren. Wer hätte sie anrühren sollen? Meine Schwester ist in den USA, mein Bruder über alle Berge, ich bin in Frankfurt.

An diesem Tag war meine damalige Freundin zu Besuch. Sie packte ein paar Gramm Dope aus, worauf ich sie hinauswarf. Es war pure Provokation, wie immer in letzter Zeit. Als hätte ich nie mit Dope zu tun gehabt! Für sie war es neu, ein Abenteuer, das sie teilen oder mir vorschreiben wollte. Sie kam aus dem Hunsrück. Wir waren schon so gut wie getrennt. Sie haßte es, daß ich Latein und Altgriechisch studierte. Alles alte tote Männer, sagte sie. Als sie gegangen war, hatte ich das Radio angeschaltet, die Telefunken-Röhrenradio-Kommode aus dem Wohnzimmer meiner Großmutter. Jene, an der mein Onkel J. an Weihnachten immer nach dem Glockengeläut des Wiener Doms gesucht hatte. Ich hörte die Meldung in den Nachrichten um siebzehn Uhr. Ich wußte sofort, was sie bedeutete, auch wenn keine Namen genannt wurden.

Mein Vater öffnet das Garagentor und dann den Kofferraum seines Mercedes-Dienstwagens, um in ihm die Tennistasche zu verstauen. Anschließend steigt er ein, fährt hinaus, schließt das Garagentor und lenkt rückwärts den fünfzehn Meter langen Zuweg zur Straße entlang. Danach biegt er nach rechts in den Mühlweg, danach das Rosenthal hinauf und durch die Stadt Richtung Rosbach.

In Rosbach wird er Mosbacher gegenüberstehen. Mosbacher ist ein ebenso wenig guter Tennisspieler wie er selbst. Aber man bewegt sich, man hat etwas davon, es geht nicht um Wettkampf. Nicht im Sport.

Mein Vater hört Deutschlandfunk. Bericht über die ungewöhnliche Annäherung zwischen Rabin und Arafat. Ein Frieden im Nahen Osten rückt näher. Kommentar zum Rücktritt von Rudolf Seiters. Er kommt nach Rosbach, parkt vor der Halle, die Sechsuhrnachrichten werden angekündigt. Gleich wird er auf dem Platz stehen. Mosbachers Rückhand ist schwach. Er hat so eine seltsame Art an sich, nach einem gewonnenen Punkt zu tänzeln. Mein Vater schließt die Augen. Oder steht er bereits auf dem Platz? Die Nachrichten beginnen. Mosbacher kommt eigenartig ungelenk nach vorne ans Netz. Eigentlich kommt er sonst doch nie ans Netz!

Sie verlassen gerade das Oberlandesgericht. Nein, sie stehen noch vor der Richterin. Er hatte es ab einem bestimmten Zeitpunkt gewußt. Er wußte, daß er einen Lauf hatte. Den Lauf seines Lebens. Was hatten sie nicht alles probiert! Und der Architekt M. hatte sich wirklich widerlich verhalten. Schade, daß sie ihn nicht drangekriegt haben. Aber darum ging es ja auch nicht. Mehr als zwölf Jahre hatte dieser Tag gedauert. Sie hatten nach dem Einsturz die Balken abtransportiert, in Sicherheit gebracht, es hatte nichts genützt, sie hatten gegen die Auflagen geklagt, immer nur kleine Pyrrhussiege, am Ende stand immer: Wiederaufbau. Sie hatten die Strafsummen verringern können, sie hatten den Architekten bis ins letzte Feld zurückgeschlagen, so lang, bis er das Feld aus Vorsicht ganz räumte, aber am Ende immer: Wiederaufbau.

Seine Frau trägt ihren hellen Übergangsmantel. Onkel Heinz hat einen Anzug angezogen. Onkel J. steht wie immer etwas orientierungslos da und denkt in großen Begriffen: Oberlandesgericht! Oberlandesrichterin! Das klingt für ihn fast so groß wie: Oberfinanzpräsident! Die Wichtigkeit des Tages strahlt auf ihn ab und macht auch ihn wichtig. Sogar ein Zeitungsreporter ist dabei. Sozusagen auch seinetwegen!

Mein Vater lehnt sich zurück. Im Gerichtssaal. Im Sitz seines Mercedes. Mit geschlossenen Augen kann man nicht Tennis spielen. Oder doch? Wieder dieses Tänzeln ...

Um eine Stunde versetzt hört mein Vater in den Sechsuhrnachrichten, was ich in den Fünfuhrnachrichten gehört habe.

Das Oberlandesgericht Gießen hat heute entschieden, daß wegen eines Veröffentlichungsfehlers die letzte Novelle des Hessischen Denkmalschutzgesetzes aus dem Jahre soundsoviel ungültig sei. Dementsprechend sei auch die an die Novelle angehängte Liste denkmalschutzwürdiger Bauten in Hessen ungültig. Damit stehe seit dem Zeitpunkt der fehlerhaften Veröffentlichung keines der in der Liste verzeichneten Bauwerke rechtskräftig unter Denkmalschutz.

Ich wußte in meinem Frankfurter Zimmer sofort, daß es um uns ging. Es war wie damals mit den Schwimmnoten beim Unterricht im alten Hallenbad. Es war wie immer in dieser Familie. Alles aufheben, alles zurück auf Null. Die Register löschen, komplett. Als sei nie etwas gewesen und habe nie etwas stattgefunden. Der Name unserer Familie mußte gar nicht fallen, nicht einmal das Wort Mühle mußte fallen.

Draußen im Licht vor dem Oberlandesgericht. Die Familie steht in einer Gruppe zusammen. Frei. Endlich frei. Die ganzen Anfeindungen, die ganzen Anwürfe, und endlich kann verkauft werden. Endlich kann gebaut werden. Es war kein Bagger gekommen, der eine denkmalgeschützte Mühle abgerissen hätte. Mein Bruder hatte recht gehabt. Konnte ich denn mit Sicherheit sagen, ob der Bagger das Gebäude tatsächlich *absichtlich* niedergelegt hatte, auch wenn ich am Fenster gestanden hatte? Mein Gott, wie lang war das her! Vielleicht hatte es nur so ausgesehen. Vielleicht hatte ich die Handlungen falsch interpretiert. Vielleicht hatten wir alle das. Nichts konnte beweisen, daß es wirklich so gewesen war. Die Schaufel fuhr tatsächlich an der Traufe entlang. Und dort befand sich ja der Bewuchs. An der Traufe …

Einer der Beteiligten löst sich von der Gruppe, strebt langsam zur Seitenwand des Gebäudes, des Hessischen Oberlandesgerichts, ohne auf seine Umwelt zu achten, wie in Trance, wie gesteuert, vielleicht weiß er selbst nicht, was er tut, und mit der atavistischsten Handlung, die je ein Mitglied unserer Familie ausgeführt hat, schließt sich der Vorhang vor dieser Geschichte. Wie früher, wenn du deinen Gegner getötet hast. Wenn er tot vor dir am Boden liegt. Und der Beteiligte öffnete die Hose und zielte auf die Wand.

Der Autor dankt dem Deutschen Literaturfonds.